KB114562

大

武

士

대
무
사

칠백 新무협 판타지 소설

FANTASTIC ORIENTAL HEROES

대무사 6
철백 新무협 판타지 소설

초판 1쇄 찍은 날 § 2016년 4월 22일
초판 1쇄 펴낸 날 § 2016년 4월 29일

지은이 § 철백
펴낸이 § 서경석

편집책임 § 이지연

펴낸곳 § 도서출판 청어람
등록번호 § 제387-1999-000006호
등록일자 § 1999. 5. 31
어람번호 § 제2-2657호

주소 § 경기도 부천시 원미구 부일로 483번길 40 서경B/D 3F (우) 14640
전화 § 032-656-4452 팩스 § 032-656-4453
http://www.chungeoram.com
E-mail § chungeorambook@daum.net

ⓒ 철백, 2015

ISBN 979-11-04-90774-6 04810
ISBN 979-11-04-90570-4 (세트)

※ 파본은 구입하신 서점에서 교환하여 드립니다.
※ 저자와 협의하여 인지를 붙이지 않습니다.
※ 이 책은 도서출판 청어람과 저작자의 계약에 의해 출판된 것이므로,
   무단 전재 및 유포·공유를 금합니다.

철백 新무협 판타지 소설
FANTASTIC ORIENTAL HEROES

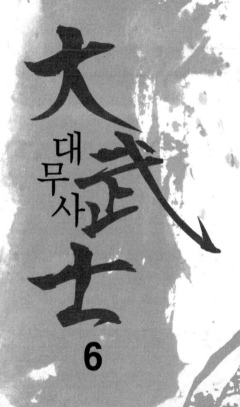

大
武
士

대
무
사

6

도서출판 청어람

目次

第一章
동귀어진(同歸於盡)

"정말 흑월과 불은 떼려야 뗄 수 없는 사이로군."

후끈거리는 열기 속에서 단무린이 살짝 짜증 어린 표정으로 중얼거렸다.

지부를 습격할 때와 마찬가지로 화탄을 마구 터뜨려 대는 통에 주변은 이미 불바다로 화한 지 오래였다.

"거기서 끝이 아니야."

소유붕은 심각한 표정으로 말했다.

매캐한 탄내와 화약 냄새 말고도 묘하게 코를 찌르는 냄새가 있었다.

등유(燈油).

화탄도 모자라서 한번 번지면 물로도 끄기 어려운 등유까지 퍼붓다니.

"이것들이 아주 그냥 제대로 작정했군. 어쩌지?"

소유붕이 묻자 단무린은 침묵했다.

진야환마공이 그림자를 이용한 희대의 환술이긴 했지만 결국 환술에 지나지 않았다.

당연히 이런 불길 속을 뛰어넘는다는 건 현실적으로 무리였다.

단무린이 침묵하자 소유붕이 답답하다는 듯 말했다.

"누님이 멀쩡하면 모를까, 계속 이 상태로 있다간 전원 다 통구이 신세를 면치 못해!"

"으음!"

"주군, 뭔가 방법이 없겠습니까?"

소유붕의 물음에 이신은 대답 대신 묵묵히 원웅패의 몸에 박혀 있는 영호검을 뽑아 들었다.

중간에 원웅패가 악 지르는 소리가 들리긴 했지만 깨끗하게 무시했다.

그리고.

촤아아아아아악─!

시원하게 바람을 가르는 소리와 함께 쭉 일자로 된 길 하나가 화마 사이로 생겨났다.

예리한 검풍이 공간을 가르는 것도 모자라서 불길에 휩싸인 나무들까지 통째로 갈라 버린 것이다.

덕분에 생겨난 유일한 출구를 가리키면서 이신은 말했다.

"금방 사라진다. 서둘러."

이신의 재촉에 신수연 등은 서둘러 발길을 옮겼다.

그사이에 연이어 화탄이 터지는 소리와 함께 뜨거운 화마의 열기가 그들을 덮쳤지만 다행히도 무사히 불길 속에서 빠져나올 수 있었다.

그들이 모두 나옴과 동시에 출구가 다시금 불길로 뒤덮이는 걸 보면서 소유붕은 안도의 한숨을 내쉬었다.

"후우! 정말 간신히 살아났군. 이게 다 주군 덕분입… 웅? 주군?"

소유붕은 말하다 말고 주변을 두리번거렸다.

단무린과 신수연도 함께 찾아봤지만 어디서도 이신의 모습은 보이지 않았다.

'설마?'

모두의 시선이 약속이라도 한 듯 화마에 휩싸인 숲 속으로 향했다.

*　　　　*　　　　*

"…왜 다시 돌아온 것이냐?"

원웅패는 심히 이해하기 어렵다는 얼굴로 물었다.

그러자 이신은 그을음이 잔뜩 묻은 얼굴을 대충 소매로 닦으면서 말했다.

"아직 제대로 된 답을 듣지 않았으니까."

환혼시마를 노린 이유.

고작 그거 하나 들으려고 이 불길 속으로 다시 돌아왔단 말인가?

"미친… 크억."

말이 채 끝나기 전에 그의 가슴에 영호검이 꽂혔다.

이신은 냉랭한 표정으로 말했다.

"미친놈은 내가 아니라 당신이지. 이게 다 함정이었다는 그런 개소리를 누구더러 믿으란 거지?

"크… 크크크, 믿지 않으면? 그래서 어쩔 테냐? 설마 이대로 노부와 함께 저승길 동무라도 될 생각이냐? 뭐, 가는 길이 적적하지 않아서 좋긴 하겠군."

원웅패의 말 속에는 죽어도 절대 입을 열지 않겠다는 의지가 대놓고 깔려져 있었다.

물론 이신은 그와 함께 동반 자살할 생각일랑 전혀 없었다.

도리어 그는 이해할 수 없다는 표정으로 말했다.

"이런 식의 최후는 개죽음밖에 안 되는 걸 모르지 않을 텐데? 왜 당신 같은 사람이 굳이 이런 개죽음을 자청하는 거지?"

"……"

이신의 물음에 원웅패는 일순 입을 굳게 다물었다.

아직 원웅패가 이곳에 있다는 걸 그의 수하들이 모를 리 없다.

한데도 이런 식으로 계속 화탄을 터뜨려 대고 등유까지 뿌려대는 건 아무리 봐도 말이 안 되었다.

필시 원웅패가 사전에 그리 지시했다고 밖에 볼 수 없었다.

왜?

그는 왜 이런 식의 최후를 선택할 수밖에 없었던 것인가?

그리고 또 하나, 왜 그는 자신을 이리도 제거하려고 애쓰는 것인가?

흑월의 행사를 방해한 것도 모자라서 유세화까지 보호하고 있는 그가 눈엣가시로 보일 수는 있었다.

하나 입신경의 고수 한 명을 희생시키면서까지 자신을 제거하려고 드는 것은 득보다 실이 더 많다고 밖에 볼 수 없었다.

뭔가 이신은 모르는, 그들이 자신을 반드시 제거해야 할 이유가 따로 있는 게 틀림없었다.

그러한 의문들이 내내 이신의 뇌리에서 떠나지 않을 때였다.

갑자기 원웅패가 낄낄 소리 내면서 웃기 시작했다.

마치 실성한 사람인 양.

그러더니 겨우 웃음을 멈추면서 말했다.

"크크큭, 어차피 노부는 이미 죽은 목숨이니까."

"죽은 목숨?"

"후우! 너는 모르겠지만 이번 임무는 노부에게 있어서 마지막 기회이기도 했다. 한데 보기 좋게 실패하고 말았으니, 기다리는 것은 오직 죽음뿐이지."

"이해할 수 없군."

고작 임무 몇 번 실패했다고 수하를 죽인다?

심지어 원웅패는 그냥 부하도 아니었다.

입신경급 고수.

현 강호에서는 우내삼신 정도가 그에 해당한다고 볼 수 있었다.

그런 대단한 자를 고작 임무에 실패했다는 이유만으로 처분한다?

말이 안 되었다.

이신의 상식으로는 도저히 이해할 수 없는 일이었다.

바로 그때, 원웅패가 충격적인 발언을 내뱉었다.

"죽기 전에 하나만 가르쳐 주마. 본 월에는 나 따위를 대신할 자는 널리고 널렸다!"

"뭣?"

이신은 일순 등골이 오싹해졌다.

흑월에 원웅패를 대신할 수 있을 정도의 고수가 널려 있다니.

그게 정녕 가능한 일이란 말인가?

마냥 헛소리로 치부하기엔 원웅패의 표정이 너무나 진지했다.

'정말로 사실인가?'

아까 전만 해도 절대로 알려주지 않겠다고 잡아떼던 그가 이런 놀라운 비밀을 아무렇지 않게 선뜻 말해주다니.

죽기 직전에 문득 자신의 인생에 대한 회한이 들기라도 한 것일까?

자세한 사정은 모르겠으나 지금이 기회였다.

이신은 서둘러 말했다.

"환혼시마, 그를 노린 진짜 이유가 뭐지?"

"이유, 이유라……. 정말로 알고 싶나?"

마치 알게 되면 조용히 끝나지 않을 거라고 경고하는 듯한 그의 말에 이신은 속으로 살짝 경계심이 들었지만 이미 내친 걸음이었다.

"알고 있는 건 다 말하는 게 좋을 거야. 단 나를 속이려고 든다면……."

원웅패가 히죽 웃으면서 말했다.

"노부의 목숨은 이미 틀렸다. 그건 네가 더 잘 알 텐데."

이신의 심검에 심장이 꿰뚫린 여파로 원웅패는 원기가 심하게 상했다.

가만히 내버려 두더라도 곧 죽을 팔자였다.

거기다 이신이 확인 사살하듯 영호검을 꽂아두기까지 한 상황 아닌가.

"그저 늙은이의 변덕이라고 생각해라."

'무슨 속셈이지?'

알 수 없는 원웅패의 꿍꿍이속에서 이야기가 시작되었다.

"우선 구양세가가 혈교의 일맥이라는 건 잘 알고 있겠지?"

"알고 있긴 하지만……?"

그거야 정마대전 때 이미 다 밝혀진 사실 아닌가? 왜 갑자기 생뚱맞은 소리란 말인가?

이신의 질문이 채 이어지기도 전에 원웅패는 중간에 말을 자르면서 말했다.

"하지만 그것 외에도 한 가지 알려지지 않은 사실이 더 있다."

"알려지지 않은 사실?"

요는 외부에 알려져서는 안 되는 구양세가만의 비밀이란 말인가.

과연 이신의 짐작은 옳았다.

이어지는 원웅패의 말이 그것을 증명했다.

"그들은 과거 마교와의 싸움에 패해서 멸문한 수라마교(修羅魔敎)의 후예이기도 하다."

"수라마교!"

이신은 저도 모르게 큰 소리로 외쳤다.

수라마교.

과거 배교와 마찬가지로 순수하게 중원에서 발족한 마도 단체였다.

배교야 전체는 아닐지언정 최후에 교주파가 승복해서 이후 마교 내에서 염마종으로 자리 잡았지만 반대로 수라마교는 끝까지 항전했다.

그 결과, 수라마교의 명맥은 사실상 완전히 끊기고 말았다는 게 정설이었다.

한데 설마 구양세가가 혈교의 일맥이면서 그 수라마교의 후예였다니.

어째서 그 사실이 외부에 알려지지 않은 것인지 대충 그 이유를 알 것 같았다.

"수라마교의 멸문 후, 혈교가 수라마교의 잔당들을 흡수했다는 진실을 숨기기 위해서였군."

이신의 말에 원웅패가 고개를 끄덕였다.

"구양세가는 혈교가 아니라 혈교 내에 이어져 내려온 수라마교의 숨겨진 일맥이다. 그것이야말로 진실이지. 그리고……."

"그리고?"

"동시에 그들은 수라마교의 비전, 시해마경(尸解魔經)의 원본도 숨기고 있었다."

시해마경.

마교에 의해서 멸문지화를 당하기 직전까지도 수라마교에서는 절대로 자신들의 비전을 끝까지 내놓지 않은 비전 중의 비전.

때문에 훗날 고루마종에서 그 사실을 매우 안타깝게 여겼다.

만약이라도 시해마경의 내용 중 일부나마 마교에서 손에 넣었다면, 고루강시의 완성도가 지금보다 한층 더 진보되었을 거라면서.

그렇게까지 여기던 수라마교의 비전을 구양세가가 소유하고 있었다니.

그때, 문득 이신의 뇌리를 스치고 지나가는 게 있었다.

"설마 혈교의 혈강시가……?"

"눈치챘나? 그래, 네 생각대로다, 혈영사신."

원웅패가 비릿하게 웃으면서 말했다.

"수라마교의 잔당들이 혈교의 일원이 되면서 마교에 복수할 생각으로 만든 게 바로 그 마물이었다. 그리고 환혼빙인의 전신이기도 하지."

"흠."

지난날 혈교의 난 때, 악명을 떨쳤던 그 혈강시가 다름 아닌 수라마교의 작품이었을 줄이야.

생각지도 못한 일이었으나, 납득이 안 될 정도까지는 아니었다.

그리고 그와 동시에 이신은 이제야 어렴풋이 알 것 같았다.

무엇 때문에 흑월이 그렇게도 환혼시마에게 집착한 것인지를.

"혹시 환혼빙인을 만들 수 있는 방법이 오직 시해마경에만 기록되어 있는 건가?"

"그렇다."

"그렇다면……."

이신은 한번 뜸을 들인 뒤 말했다.

"환혼시마가 숨긴 거군. 그 시해마경인가 뭔가를."

"정답이다. 제법 눈치가 빠르군."

원웅패의 칭찬에 이신은 쓴웃음을 머금었다.

"그렇게 단서를 많이 주는데 모르면 그게 더 이상한 일 아닌가? 그래서 어디에 숨겼는지는 알아냈나?"

대답은 얼추 예상되었다.

그래도 혹시나 하는 마음으로 물어봤는데, 이어지는 원웅패의 대답은 역시나였다.

"모른다."

"음."

"그래도 한 가지 알아낸 사실이 있긴 하지. 놈이 세가를 나서기 전에 따로 부리던 강시 부대에게 임무 하나를 맡겼다는 걸 뒤늦게 알게 되었지."

"임무?"

말은 임무지만 실상 환혼시마가 내린 명령은 간단했다.

애당초 강시이기에 보통 사람에게 하듯 그리 복잡한 명령은 내릴 수도 없었지만 말이다.

"놈은 강시에게 어딘가로 시해마경의 원본을 옮기라고 시켰다. 하나……."

원웅패가 말끝을 흐렸다.

그러자 이신이 자연스레 그의 말을 이어받았다.

"정확한 장소가 어딘지 모르는 거군."

원웅패는 바로 고개를 끄덕였다.

머리가 그럭저럭 돌아가는 사람과의 대화는 이런 부분이 좋았다.

굳이 더 말하지 않아도 알아서 먼저 사실을 유추해 내니까.

물론 장점만 있는 것은 아니었다.

채 원웅패가 말을 잇기도 전에 갑자기 이신의 눈빛이 날카로워졌다.

"역시 거짓말을 아주 잘하는군."

"응?"

원웅패가 움찔했다.

그도 잠시, 그는 억울하다는 표정으로 말했다.

"거짓말이라니, 이 판국에 노부가 뭐 하러 그런 쓸데없는 짓을……!"

"이런 때이니까."

"……!"

심경의 변화니 뭐니 하기에 앞서 원웅패가 보여준 흑월에 대한 충성심은 가히 신앙에 가까웠다.

그런 자가 아무리 버려지게 되었다고 한들, 섣불리 조직의 중요한 정보를 있는 그대로 털어놓을까?

아니다.

오히려 자신에게 거짓 정보를 줘서 혼란을 주려고 할 것이다.

그것도 진실 속에 거짓을 숨기는, 아주 교묘한 거짓말로 말이다.

"이미 찾았지? 환혼시마가 시해마경을 숨긴 장소."

"……!"

"정확히는 강시들이 어디로 향하는지는 밝혀냈겠지. 좀 더 시간과 인력이 필요하긴 하지만 곧 밝혀질 일일 터. 그러니 더더욱 환혼시마의 존재가 필요 없어진 거겠지. 아니, 오히려 살아 있으면 곤란하겠지."

환혼시마 외에는 모르는 장소에 숨겨진 시해마경.

한데 그것을 환혼시마가 혹여 다른 이에게 말하기라도 한다면?

그로 인해서 흑월보다 먼저 시해마경을 차지하기라도 한다면?

"흑월의 진짜 목적, 그건 바로 시해마경이 숨겨진 장소의 출처가 드러나는 걸 막으려는 거 아닌가?"

이신의 말이 끝나기 무섭게 원웅패의 표정이 일변했다.

"역시 네놈은 여기서 죽여줘야겠어."

그걸 본 이신은 싸늘한 표정으로 말했다.

"그게 마음대로 될까?"

이신은 곧바로 영호검으로 옆으로 휘둘렀다.

핏물과 함께 원웅패의 심장이 두 동강 났다.

이에 비명성이 터지면서 즉사해야 마땅하거늘. 이어지는 원웅패의 행동은 실로 예상 밖이었다.

"쿠, 쿨럭! 이, 이따 저승에서 보자……!"

"뭐?"

난데없는 그의 말에 반문하려는 순간,

퍼어어어어엉—!

풍선 터지는 소리와 함께 원웅패의 몸이 그대로 폭발했다.

그리고 그 잔해와 함께 끈적한 녹색 핏물이 이신을 덮쳤다.

*　　　　*　　　　*

'독?'

순간적으로 든 생각이었다.

그와 동시에 이신은 곧바로 호흡을 멈추고, 호신강기를 극한으로 펼쳤다.

썩 나쁘지 않은 대응이었다.

하지만 죽음을 담보로 펼친 원웅패의 한 수는 그리 호락호락하지 않았다.

치이이이이익—!

녹색 핏물이 호신강기 위를 감싸더니, 이내 매캐한 녹연과 함께 호신강기가 녹아내리기 시작했다.

아니, 단순히 녹아내리는 것을 넘어서 아예 호신강기를 통해서 이신의 몸 안으로 침투하려고 들었다.

그러자 완전히 다 침투한 것이 아님에도 이신은 일순 헛구역질이 나올 것 같았고, 온몸이 타들어가는 것 같았다.

실제로 이신의 피부는 빠른 속도로 검게 변색되어 갔다.

이에 내력을 운기해서 외부로 독기를 몰아내려고 했지만 소용없었다.

혈맥에 자리한 독기 때문에 제대로 내력이 운기되지 않았다.

검으로 치자면 고작해야 스친 정도에 불과한데 이 정도의 피해라니.

녹색 핏물 안의 독기가 얼마나 지독한지 알 수 있었다.

이신은 갈수록 흐려지는 정신을 간신히 붙들면서 이를 악물었다.

'성화의 기운을 사용하지 않아서 이상하게 여기긴 했지만……!'

설마 이런 독수를 숨겨두고 있었을 줄이야.

하나 이신은 절망하지 않았다.

이깟 독쯤이야 금방 해독할 수 있었다.

지난날 무형지독조차 자력으로 이겨낸 자신이 아니던가.

이신은 침착하게 배화공의 구결을 운용했다. 독기 때문에 혈맥 곳곳이 막혔지만 이신은 멈추지 않았다.

그렇게 운용된 배화공의 진기는 간신히 심장 어림에 위치한 배화륜에까지 당도했다.

끼릭― 끼리리릭― 끼릭―!

그러자 특유의 회전음과 함께 배화륜이 회전하기 시작했다.

그와 동시에 백색의 불길이 일어나면서 이신의 전신을 감쌌지만 평소보다 그 광채가 약하기 그지없었다.

어쩔 수 없었다.

오늘 이신은 심검을 무려 두 번이나 연달아 펼쳤다.

겉으로 티는 내지 않았을 뿐, 현재 그가 운용할 수 있는 내력의 양은 현저히 제한된 상태였다.

기껏해야 삼 할 정도?

하지만 그런 이신의 사정을 원웅패의 독기가 봐줄 리 만무했다.

해서 이신은 한꺼번에 배화륜을 무려 여덟 개나 돌렸다.

모든 배화륜을 총동원한 것이다.

그렇게 한 번 회전하고.

두 번.

네 번.

여덟 번.

……

도대체 몇 번이나 배화륜을 회전시킨 건지 제대로 기억하지 못할 정도로 이신은 배화륜의 회전에 집중했다.

평소에도 이 정도까지 배화륜을 회전하는 데 집중한 적은 단언컨대 한 번도 없었다.

그런 노력 때문일까?

우우우우우웅—!

돌연 배화륜이 공명음을 토해내기 시작했다.

그것은 다름 아닌 성화의 기운에 반응할 때 특유의 현상이었다.

동시에 배화륜이 이신의 의지와 상관없이 제멋대로 움직이기 시작했다.

혈맥 속에 틀어박혀서 진기의 흐름을 방해하던 원웅패의 독기가 지남철에 이끌리는 쇳가루처럼 하나도 남김없이 배화륜에 흡수되는 게 느껴졌다.

심지어 원웅패의 시체에 남겨진 핏물까지도 모조리 기화시켜서 흡수하는 기염까지 토해냈다.

이는 과거 무형지독 때와 똑같은 현상이었다.

의식적으로 행할 수 없던 배화륜의 숨겨진 공능이 또다시 발휘되기 시작한 것이다.

이에 이신은 눈치챘다.

원웅패의 독기가 그리도 지독한 게 무엇 때문인지를.

그것은 배화륜이 저절로 반응한 이유와도 일맥상통했다.

'성화의 기운이었어!'

원웅패가 성화의 기운을 개방하지 않은 게 아니었다.

그는 진즉에 개방하고 있었다.

단지 내부의 독기를 증폭하는 데 사용해서 외부로 드러나지 않았던 것뿐이었다.

그리고 배화륜은 귀신같이 그것을 눈치채고 숨겨진 공능을 발휘하기 시작한 것이었다.

'됐다!'

쾌재를 부르면서 이신은 배화륜의 움직임에 집중했다.

마치 해안이나 강가의 모래 속에 있는 사금을 채취하듯 배화륜은 독기를 불태우면서도 그 안에 숨겨져 있던 성화의 기운을 하나하나 걸러냈다.

그렇게 흡수된 성화의 기운은 곧 이신의 전신으로 퍼졌고, 독기에 의해서 손상된 혈맥 등을 말끔히 치유했다.

이신은 이제 명실상부 만독불침(萬毒不侵)의 육체가 되었다.

하지만 거기서 끝나지 않았다.

독기를 제거하는 과정에서 이신의 혈맥 안에 쌓여 있던 여분의 탁기도 모조리 제거되었다.

이는 임의로 벌모세수를 받은 거나 마찬가지의 효과였다.

더욱이 배화륜에 의해서 정화된 독기는 내력으로 화해서 이신의 단전에 고스란히 축기되었다.

그 양은 무려 반 갑자!

이로서 이신의 본신내력은 못 해도 삼 갑자를 넘어서게 되었다. 육신도 이전보다 훨씬 강화되었다.

결과적으로 극독에 당한 게 이신에게는 오히려 전화위복으로 작용한 셈이었다.

기껏 동귀어진의 수법을 쓰고 죽은 원웅패의 입장에선 참으로 기가 막힐 노릇이었지만 말이다.

내부를 안정시키고 나서야 이신은 눈을 뜨고 주변을 둘러

봤다.

사방이 온통 화마와 매캐한 연기로 둘러싸여서 빠져나갈 구멍이라곤 전혀 찾아볼 수 없었다.

이대로 가다간 불길에 타 죽거나, 아니면 연기에 질식하고 말 터.

하나 이신의 생각은 조금 달랐다.

*　　　　　*　　　　　*

타오르는 불길을 보면서 전 암혼대주 진백의 뒤를 이어서 새로이 암혼대의 대주를 맡게 된 기영은 생각했다.

'끝났군.'

이미 소지하고 있던 화탄을 모두 쏟아부은 데다 등유까지 싸그리 퍼부었다.

숲의 불길은 아마도 동이 틀 때까지 꺼지지 않을 터.

당연히 그 안에 있던 것들은 모조리 잿더미로 화해서 흔적조차 찾아볼 수 없게 될 것이다.

물론 적과의 동귀어진을 선택한 좌호법 원웅패 역시도 말이다.

'부디 잘 가십시오, 좌호법.'

비록 모신 지는 얼마 안 되었지만 이번 원웅패의 결단은 실로 존경할 만했다.

자신의 목숨을 바쳐서 조직의 가장 큰 적을 처단하다니.

그 고귀한 희생을 헛되이 하지 않기 위해서라도 이번 일의
마무리는 철저히 해야 했다.

기영은 옆에서 대기 중이던 부대주에게 말했다.

"혈영사신의 부하들은 어찌 됐지?"

기영의 물음에 부대주가 말했다.

"이미 애들을 보내놨습니다. 곧 결과가 있을 겁니다."

"확실히 처리해야 한다. 본 월의 행보에 방해되는 자들은
이참에 모조리 제거해야 해."

"물론입니다."

강경한 그의 말에 부대주가 고개를 끄덕이며 동조했다.

그러다 문득 그의 시야에 이상한 게 들어왔다.

'응? 저건······.'

불길조차 닿지 않을 만큼 높은 밤하늘.

그 위로 뭔가가 매우 빠른 속도로 날아오르고 있었다.

새인지 사람인지 분간하기 어려운 가운데, 그 무언가는 날
아오를 때만큼이나 빠르게 지상으로 추락하기 시작했다.

이에 부대주의 눈이 커지면서 경호성을 터뜨리려는 찰나.

쇄애애액! 푸욱―!

단숨에 허공을 격하고 날아온 묵빛 장검이 그의 이마 중간

에 박혀 들어갔다.

부대주의 갑작스러운 죽음에 놀랄 틈도 없이 기영의 머리 위로 검은 그림자가 내려앉았다.

우드드드득—!

둔탁한 골절음과 함께 기영의 머리가 뒤로 돌아갔다.

물론 돌아간 머리가 다시 원래 자리로 되돌아가는 일은 일어나지 않았다.

순식간에 벌어진 대주와 부대주의 어이없는 죽음 앞에 스물세 명의 암혼대 무인은 일순 혼란과 공포에 휩싸였다.

하지만 그도 잠시, 기영의 시체를 대충 옆으로 밀치고 부대주의 머리에 꽂혀 있는 영호검을 뽑아 드는 이신의 모습을 보는 순간, 그들은 이내 걷잡을 수 없는 분노에 휩싸였다.

"으, 으아아아아!!"

그리고 누군가가 괴성을 내지르는 것을 시작으로 모두가 무기를 뽑아 들고 이신에게 달려들었다.

하지만 곧 그게 실수라는 것을 그들은 뼈저리게 깨닫게 되었다.

서걱—!

묵광이 피어오름과 동시에 제일 먼저 달려들던 사내가 쓰러졌다.

즉사한 동료의 죽음을 미처 확인할 새도 없이 그 뒤에 서 있던 세 명의 사내가 검을 휘둘렀다.

하지만 그들의 검은 아무도 없는 허공만 갈랐을 뿐, 이신의 모습은 어디에도 보이지 않았다.

당황한 가운데, 주변에 있던 자 중 한 명이 소스라치게 놀라면서 외쳤다.

"피, 피해!"

하나 세 사람은 그 외침에 미처 반응하지 못했다.

푸푸푹!

사이좋게 심장이 꿰뚫린 채로 쓰러지는 세 사람.

그들 뒤에는 어느덧 이신이 유령처럼 조용히 서 있었다.

순식간에 동료 넷의 목숨을 앗아간 그를 향해서 십여 개의 검이 사방에서 일제히 날아왔다.

촤촤촤촤촤촥―!

그 순간, 눈부신 검광의 운무가 장내를 뒤덮었다.

심형살검식의 제삼초식, 첩영(疊影)이었다.

수십 개의 검기가 중첩된 그 운무에 멋도 모르고 닿은 자들은 너 나 할 것 없이 처참한 몰골로 쓰러졌다.

몇몇이 운무에 대항하려고 했으나, 부질없는 짓이었다.

바닥에 쓰러진 시체의 숫자만 더 늘어날 뿐이었다.

곧 운무가 잦아들면서 그 뒤에 가려져 있던 이신의 신형이 다시금 드러났다.

순식간에 열아홉 명의 무인을 죽였음에도 그는 숨 하나 헐 떡이지 않았다.

전혀 지친 기색이 안 보이는 그의 모습에 남은 다섯 명의 사내는 차마 달려들 용기가 나지 않았다.

그런 그들을 향해서 이신은 말했다.

"죽고 싶지 않으면 무기를 버리고 투항해라."

십여 명의 동료가 한꺼번에 달려들어도 어찌 못한 이신이었다.

그들의 실력만으로는 도저히 상대가 안 될 게 불 보듯 뻔했다.

하나 약간의 주저에도 불구하고 끝내 다섯 명 중 단 한 명도 수중의 무기를 버리지 않았다.

오히려 이신을 향해서 동귀어진의 살초를 펼쳤다.

일말의 타협의 여지도 보이지 않는 그들의 완강한 태도에 이신도 더는 아무 말도 하지 않았다.

이윽고 쇄도해 오는 그들을 향해서 검을 휘두르는 순간, 갑자기 그의 발아래 그림자가 크게 요동을 쳤다.

캬우우우우우웅─!

요란한 울음소리와 함께 그림자 속에서 튀어나온 커다란 늑대!

미처 반응할 새도 없이 암혼대 무인 다섯 명은 삽시간에 늑대의 뱃속으로 들어가 버렸다.

그러고는 유유히 다시 그림자 속으로 사라지는 늑대의 뒷모습을 바라보던 이신이 말했다.

"다들 무사하냐?"

그의 물음에 그림자 속에서 대답이 들려왔다.

[전원 다 무사합니다.]

음성의 주인은 예상대로 단무린이었다.

그는 이어서 말했다.

[이자들의 동료로 추정되는 자들은 일찌감치 모두 정리했습니다. 그사이에 일조장과 이조장을 유가장으로 보냈습니다. 아마도 지금쯤이면 유 소저와 함께 운중장에서 대기 중일 겁니다.]

"잘했어."

이신은 만족스럽다는 듯 고개를 끄덕였다.

단무린의 대처는 실로 시의적절했다.

뭣보다 유세화의 안위를 최우선적으로 생각했다는 점이 가장 마음에 들었다.

지난날 신수연의 실수로 뇌정마도에게 유세화가 납치당할 뻔한 것을 잊지 않았다는 증거였다.

[그보다 주군께서는 괜찮으십니까?]

원웅패는 천하의 신수연도 당하고 말았을 정도로 강한 고수였다.

혹여 그 사이에 이신에게 뭔가 치명적인 암수라도 쓴 건 아닐까 걱정되는 건 당연한 이치였다.

단무린의 걱정 어린 물음에 이신은 아무렇지 않은 표정으로 말했다.

"걱정마라. 다행히 별일 없었으니까. 그보다도 무린."

[예, 주군.]

"무림맹에 환혼시마를 넘기기 전에 꼭 알아봐야 할 일이 있다."

[분부만 내려주십시오.]

충성심 가득한 그의 대답을 뒤로하고 이신은 의미심장한 표정으로 중얼거렸다.

"패는 많을수록 유리한 법이지……."

第二章
차도지계(借刀之計)

"…일이 그리되었군요."

이신의 이야기가 모두 끝났을 때, 제갈수련이 한숨처럼 내뱉은 말이었다.

이신은 지난밤의 일뿐만 아니라 자신이 알고 있는 흑월의 정보를 대부분 다 알려줬다.

물론 성화나 신녀에 관한 이야기는 제외한 채 말이다.

아무튼 그가 한 이야기 중에는 흑월에서 환혼시마가 은밀히 숨겨놓은 시해마경을 찾고 있다는 정보도 있었다.

제갈수련이 유독 민감하게 받아들인 것도 바로 그 부분이었다.

"설마 환혼빙인뿐만 아니라 각종 강시들의 제조법이 기재되어 있는 비전서가 존재했었다니. 만약에라도……."

한 차례 뜸을 들인 뒤, 제갈수련은 자못 심각하다는 표정으로 말을 이었다.

"그게 비단 흑월이 아니더라도 천사련이나 마교의 수중에 넘어가기라도 한다면 큰 혼란이 일어나겠군요."

"십중팔구 그렇겠지."

대충 맞장구치는 것처럼 보이지만 이신의 눈이 일순 빛났다.

역시 그 부분을 놓치지 않았다는 게 제갈세가의 혈육답다고 할까.

확실히 시해마경 문제는 결코 단순하지 않았다.

그녀의 말마따나 그것이 외부로 유출되기라도 한다면 무림 전체에 대혼란이 일어날 것이다.

이건 역사적으로도 충분히 증명된 사실이다.

흔히 장보도니 뭐니 하는 무가지보와 관련된 소동이 벌어질 때마다 무림은 언제나 한바탕 홍역을 치르기 일쑤 아니었나.

지난 정마대전에서 환혼빙인이 선보인 무시무시함까지 고려하면 생각보다 일이 더 커질 가능성이 높았다.

'이런 중요한 정보를 아무 대가 없이 넘기다니.'

제갈수련은 새삼스러운 눈길로 이신을 바라봤다.

제아무리 사전에 서로 협력하기로 약조했다지만 지금 이신의 태도는 지나칠 정도로 협조적이었다.

마치 거기에 무언가 꿍꿍이가 있다고 밖에는 볼 수 없을 정도로 말이다.

'도대체 무슨 속셈이지?'

제갈수련이 의심스러운 눈빛으로 바라보거나 말거나 이신은 시치미 뚝 떼면서 말했다.

"이제부터 무림맹은 어쩔 생각이지?"

"그건……."

이신의 물음에 제갈수련은 살짝 대답을 얼버무렸다.

'어떻게 하지?'

지금 여기서 자신이 하는 말 한 마디에 의해서 향후 무림맹의 입장이나 행보가 결정될 터.

실제로 그녀는 아버지 신안각주를 대신해서 이 자리에 있는 게 아니던가?

책임감이 막중했다.

당연히 백번 넘게 신중히 생각해도 부족할 지경이었다.

그리고 그런 그녀의 고민을 덜어주기라도 하듯 옆에서 말없이 이야기를 듣고 있던 팽한성이 문득 입을 열었다.

"본 맹이 내세운 기치는 누가 뭐래도 현 강호 무림의 안정

과 평화일세. 당연히 그런 위험천만한 물건은 그 어느 곳보다
본 맹에서 먼저 회수해야겠지."

"회수하고 나서는? 그 다음은 어쩌실 겁니까?"

이신의 물음에 팽한성은 별소리를 다 한다는 표정으로 답
했다.

"어쩌긴. 그야 누구도 이용할 수 없게 완전히 폐기처분하는
게 당연한 수순 아니겠는가?"

'말은 번지르르하군.'

이신은 속으로 조소를 머금었다.

팽한성은 당연하다는 식으로 말했지만 그건 어디까지나 무
림맹의 입장에서만 국한되는 이야기일 뿐이었다.

강호 무림의 안정과 평화?

지나가던 개조차 비웃을 말이었다.

무림맹은 어디까지나 정도무림의 중심일 뿐, 절대적인 선(善)
을 추구하는 곳이 아니다.

팽한성은 그저 명분을 내세운 것에 불과할 뿐이었다.

무림맹에서 시해마경을 차지해야 한다는 명분 말이다.

이신은 결코 지난날의 일을 잊지 않았다.

그때 팽한성은 어떻게든 환혼빙인을 손에 넣으려고 애쓰지
않았던가?

한데 환혼빙인은 물론, 그밖에 온갖 강시의 제조법까지 손

에 넣을 수 있다고 하니, 거기에 욕심을 내는 게 당연했다.

그리고 그것이야말로 이신이 내심 노리던 부분이었다.

'이 정도까지 운을 띄워놨으니… 슬슬 본론에 들어가도 되 겠군.'

더욱이 팽한성의 강경한 태도로 말미암아 무림맹에서 결코 시해마경을 포기할 일은 없을 거란 확신이 생겼다.

이에 이신은 미리 준비해 둔 말을 천천히 꺼냈다.

"그런데 말입니다."

"응?"

"현재 시해마경의 위치를 아는 사람은 환혼시마 본인뿐입니 다. 즉 어떻게든 그를 설득해서 자백을 받아내야 할 텐데, 생 각해 둔 방법이 있으십니까?"

"그건……."

팽한성의 말끝이 저도 모르게 흐려졌다.

이신의 지적은 미처 그가 생각지 못한 부분이었다.

확실히 환혼시마에게서 시해마경에 대한 정보를 캐낸다고 한들 시간이 걸리게 마련이었다.

그가 정보를 바른 대로 내놓을지도 의문이었고.

하나 미처 생각지 못한 부분이라서 당황했을 뿐, 팽한성은 이내 곧 평정을 되찾으면서 말했다.

"어차피 환혼시마는 본 맹의 손에 넘어온 상황이네. 시간이 얼마나 걸리든 간에 그게 무슨 상관이겠는가? 어차피 시해마경의 소재에 대해서 아는 건 오직 그자밖에 없지 않은가."

"과연 그럴까요?"

이신의 반문에 팽한성은 눈살을 찌푸렸다.

여기까지 와서 또 뭐가 문제란 말인가?

괜한 트집이 아닐까 싶은데, 이신은 실로 예상치 못한 말을 꺼내들었다.

"정말로 시해마경의 소재를 아는 사람이 환혼시마 한 명뿐이라면, 어째서 흑월에서는 그를 구출하기는커녕 도리어 제거하려 한 걸까요? 팽 대주께서는 이 부분에 대해서 어찌 생각하십니까?"

"으음!"

이신의 질문이 끝나기 무섭게 팽한성은 침음성을 흘렸다.

그의 얼굴은 어느덧 새파랗게 질려 있었다.

팽한성은 성격이 급하고 손이 먼저 나갈 뿐, 결코 아둔한 인물이 아니었다.

당연히 이신이 하는 말의 의미를 어렴풋이 깨달았다.

그리고 그건 제갈수련 역시 마찬가지였다.

"…그들은 이미 시해마경의 소재에 대한 파악을 끝낸 상태군요."

시해마경의 소재를 안 이상, 환혼시마는 더 이상 불필요한 존재였다.

오히려 한시라도 빨리 제거해야 마땅했다.

"환혼시마의 제거. 그게 어젯밤 있었던 습격의 진짜 목적이 었나요?"

그녀의 말에 이신이 고개를 끄덕였다.

"거기까지 알았다면 굳이 더 부연 설명할 필요는 없겠군."

부연 설명이고 자시고 할 것도 없었다.

흑월이 이미 시해마경의 단서를 가진 것과 달리 아직 무림 맹 측에는 별다른 정보가 없었다.

이제 와서 환혼시마를 심문한다고 한들, 흑월보다 한발 늦게 출발하는 꼴이었다.

즉, 아무리 노력해 봤자 시해마경은 고스란히 흑월의 차지가 될 거라는 소리였다.

사태 파악을 마치자마자 제갈수련은 굳은 얼굴로 소리 없이 입술을 앙다물었다. 팽한성 역시 심각하다는 표정을 지었다.

장내에서 유일하게 이신 혼자만 태연하다는 표정이었다.

그걸 본 순간, 제갈수련은 일순 깨달았다.

'설마?'

부자연스러울 정도로 많은 정보 제공과 지금까지의 설명들.

처음에는 무슨 이유 때문에 이신이 그런 것인지 이해할 수 없었지만 지금의 상황과 마주하면서 슬슬 감이 잡혔다.

분명 이신에게는 있었다.

현재 제갈수련 등이 마주한 현실적인 어려움을 단번에 타개할 수 있는 해결의 실마리가!

그리고 그녀의 생각이 맞다는 듯 이신이 말했다.

"시해마경의 소재, 알고 싶나?"

"……!"

제갈수련과 팽한성의 표정이 일변했다.

팽한성이 저도 모르게 자리에서 벌떡 일어나면서 외쳤다.

"설마 알고 있는 것이냐?!"

"굳이 이 상황에서 거짓말을 할 이유는 없지요."

이신은 일부러 두루뭉술하게 말했다.

이에 제갈수련 등은 지금까지와 달리 이신이 정보를 그냥 넘겨주지 않을 것임을 직감했다.

필시 그에 상응하는 대가를 요구할 터.

어찌 보면 지금부터가 진짜 대화의 시작이라고 볼 수도 있었다.

"…무엇을 원하시죠?"

제갈수련은 괜히 돌려 말하지 않고, 단도직입적으로 물었다.

처음부터 의도를 가지고 대화의 방향을 주도한 이신이다.

이제 와서 그의 속내를 알아보고자 쓸데없이 운을 띄우는 등의 자질구레한 심리전을 벌일 이유는 어디에도 없었다.

차라리 그 시간에 확실하게 상대가 무엇을 원하는지를 파악하는 게 더 나았다.

그런 그녀의 판단은 정확했고, 이신도 내심 바란 일이었다.

그는 망설임 없이 말했다.

"유가장에 대한 전폭적인 지원."

"지원이라고요?"

제갈수련이 눈을 휘둥그레 떴다.

난데없이 유가장을 지원해 달라고 하다니.

내심 뜻밖이었다.

하나 그렇다고 해서 완전히 상식 밖의 요구인 것은 아니었다.

제갈수련은 조용히 옆을 바라봤다.

마침 팽한성도 그녀 쪽을 곁눈질하듯 바라보고 있었다.

두 사람은 오로지 눈빛만으로 모종의 대화를 주고받았고, 이윽고 제갈수련이 말했다.

"정보만 확실하다면……."

"확실해. 내 이름과 목숨을 걸고 보장하지."

이신은 자신 있게 말했다.

그도 그럴 것이 지난밤 그가 단무린에게 급히 알아보라고 한 것, 그것이 바로 시해마경에 대한 단서였다.

당연히 환혼시마 본인에게서 알아낸 정보이기에 절대로 틀릴 리 없었다.

그런 이신의 자신감 어린 태도에 제갈수련은 결국 고개를 끄덕였다.

"좋아요. 정보만 확실하다면 지원을 약속하죠. 그럼 정확하게 어떤 식의 지원을 바라……."

그녀의 말이 채 끝나기도 전에 이신이 말했다.

"혹시 문서로 남길 수 있나?"

"그건 무리예요."

제갈수련은 딱 잘라서 부정했다.

구두로 약속하는 거라면 모를까, 공식적으로 기록이 남겨지는 문서로 약속을 보증하는 건 가급적 피해야 했다.

거기다 문제가 되는 것은 그뿐만이 아니었다.

"무림맹은 공식적으로 어느 한 특정 문파만 편애할 수는 없어요. 단체 성격상 형평성에 맞지 않을 뿐더러, 호가호위의 위험성도 높으니까요."

"그럼 비공식적으로는 가능하단 거군."

"네. 하지만 그것도 어느 정도 한계가……."

"그럼 말을 조금 바꾸지."

이어지려는 그녀의 말을 이신이 또다시 중간에 잘랐다.

그리고 제갈수련이 전혀 생각지도 못한 제안을 내놓았다.

"아예 무림맹이 아니라 제갈세가 차원에서 유가장을 지원하는 건 어때?"

"제갈세가 차원에서의 지원이라고요?"

"기왕이면 동맹이란 형태로서 지원하는 게 남들 눈에도 훨씬 나아 보이지 않을까?"

"으음……."

의외의 제안이었다.

아니, 생각한 것 이상으로 나쁘지 않은 제안이었다.

제갈세가야 원래부터 호북에서 자리 잡고 있다지만, 정작 교통의 요충지인 무한으로의 진출에는 다소 애를 먹고 있었다.

일단 물리적으로 제갈세가가 자리한 융중산에서 무한까지의 거리가 상당히 멀었다.

그나마 육로가 아닌 수로로 이동하면 꽤나 이동 시간을 단축할 수 있긴 하지만 그 이상으로 문제가 되는 것은 따로 있었다.

바로 오래전부터 무한 땅에 자리한 기존 토착 세력들의 견제였다.

그들이 이룩한 무한의 상권 등은 꽤나 견고해서 외부에서 비집고 들어갈 틈이 없었다.

오죽하면 천하의 무당파도 속가인 금와방을 통해서 무한의 상권에 진출하려고 했을까?

그런 면에서 놓고 보자면 유가장과 동맹을 맺는 것은 장기적으로 봤을 때 제갈세가 입장에서도 결코 손해가 아닌 이득이었다.

무엇보다 제갈세가의 영향권을 무한 땅에까지 자연스레 넓힐 수 있는 절호의 기회였다.

바보가 아닌 이상, 이런 기회를 놓칠 수는 없었다.

더욱이 무림맹이 아닌 제갈세가 차원에서의 지원이기에 부담도 훨씬 덜어졌다.

"정말 그거면 되나요?"

제갈수련은 혹여 이신의 마음이 변할까 봐 재차 확인했다.

이에 이신은 고개를 끄덕였다.

"그거면 충분하오."

그리고 몰래 속으로 되뇌었다.

'이걸로 당신들은 나를 대신해서 흑월과 싸우게 될 테니까.'

유가장에 대한 지원은 어차피 다 표면적인 이유에 불과했다.

이신의 진짜 목적.

그건 바로 무림맹을 이용해서 흑월을 견제한다는 차도지계(借刀之計)였으니까.

'이제부터가 시작이다.'

흑월을 쳐부수기 위한 이신의 계획은 그렇게 차근차근 진행되었다.

　　　　　＊　　　　　＊　　　　　＊

　나흘 뒤, 점심 무렵.

　유가장에 뜻밖의 손님이 방문했다.

　바로 제갈세가의 총관이자 무림에서는 생사필(生死筆)이라
고 불리는 제갈호연이었다.

　현 가주 제갈용연의 친동생이자 제갈세가의 직계 혈족인 그
는 실로 믿기 어려운 제안을 내놓았다.

　바로 제갈세가와 유가장 간의 동맹이었다.

　심지어 유가장더러 자신들의 산하 세력으로 들어오라는 강
압적인 제안도 아닌, 어디까지나 서로 평등한 관계에서의 동맹
을 제시했다.

　이는 유가장의 입장에셔는 더없이 유리한 조건이 아닐 수
없었다.

　막말로 오대세가 중 하나로 손꼽히는 제갈세가에서 중소방
파인 유가장과 대등한 입장을 취할 이유가 전혀 없었으니까.

　이번 동맹은 그들이 크게 양보한 결과라고 봐야 했다.

　사실 금와방과의 생사결 이후, 유가장은 무한 내에서 다소
어중간한 입장에 놓인 상태였다.

　무가로서의 입지는 다시 굳히는 데는 성공했으나, 정작 금

와방으로부터 인수받은 몇몇 소규모 상회와 포목점 사업체 등에 대한 관리가 미흡하기 짝이 없었다.

본디 금와방의 역할이 유가장을 대신하여 산하의 사업체를 관리 및 운영하는 것이었다는 것을 감안하면 이는 어찌 보면 당연한 일이었다.

그렇다고 해서 마냥 넋 놓고 있을 수는 없는 노릇.

어떻게든 주먹구구식으로 운용하고는 있다지만 한평생 무공만 익혀온 그들로서 사업체들을 제대로 관리하고 운용한다는 건 거의 불가능에 가까웠다.

기본적인 유통망을 구성하고, 단골이 되는 판매처를 확보하는 것조차 애먹는 실정이었다.

그런 와중에 제갈세가와의 동맹 제안은 그야말로 가뭄의 단비와도 같았다.

더욱이 제갈세가의 동맹은 단순히 서로 필요할 때 무력을 지원하는 것을 넘어서 각 상단이나 상회 간의 연계까지 포함되어 있었다.

즉 제갈세가에서 직접 운영하는 상단의 도움을 받을 수 있게 되었다는 소리다.

더불어서 상단에서 오래 일해 온 경력자와 상재에 밝은 인재들도 일부 지원해 준다고 하니, 장기적으로 봐도 유가장 입장에서 절대 손해 볼 일이 아니었다.

하지만 그럼에도 불구하고, 유정검은 제갈세가에서 내놓은 동맹 제안을 마냥 달갑게 받아들이지 않았다.

"귀가에선 도대체 무슨 연유로 본 가를 상대로 이런 제안을 하는 거요? 혹⋯⋯."

빚을 지우겠다는 심산인가.

만약 그렇다면 이번 동맹 제안은 없었던 일로 하는 게 맞았다.

단호히 말하려는 유정검을 제갈호연이 웃으면서 제지했다.

"그런 게 아닙니다. 그저 협의에 의한 결과일 뿐이니, 가주께서는 너무 심려치 마십시오."

"협의?"

대관절 유가장과 제갈세가 간에 무슨 협의가 오갔다는 말인가?

유정검이 의아해하자 도리어 제갈호연이 더욱 의아하다는 표정으로 말했다.

"모르셨습니까? 분명 귀가의 질풍검이라는 자와 제 질녀가 각자의 가문을 대표해서 함께 의논하고 결정한 일이라고 들었습니다만?"

"질풍검? 질녀?"

질풍검이야 당연히 이신을 말하는 것일 테고, 제갈호연의 질녀라면 분명 적화선자라는 별호를 가진 무림맹주의 제자이자 가주 제갈용연의 딸이 아닌가?

한데 두 사람이 서로 만나서 의논하였다니.

도대체 어느 틈에?

'설마 이번에도……?'

기억을 되새겨 보니 예전에도 이와 비슷한 일이 있었다.

금와방 측에서 억지로 빼앗아가다시피 한 포목 사업제를 넘기겠다고 했을 때.

그때 당시에도 이런 식의 흐름으로 유정검이 모르는 사이에 이야기가 멋대로 진행되었다.

이번에도 그와 비슷한 일이 또다시 반복된 것이다.

사태 파악을 마친 유정검은 속으로 너털웃음을 터뜨렸다.

'허허허, 신이 이놈, 이런 중요한 사실을 나와 한마디의 의논조차 없이 진행하다니.'

이는 명백히 가주인 그의 권위를 무시한 월권 행위였다.

분명 유가장 내에서도 그에 관련해서 뒷말이 수도 없이 오갈 것이다.

물론 이번 제갈세가와의 동맹이 낳을 이득을 고려하면 곧 자연스레 수그러들 한때의 소음에 지나지 않았다.

하지만 결과가 좋다고 해서 그냥 넘어가서도 안 될 일이긴 했다.

이는 가주의 권위와도 관계된 일이었으니까.

'하다못해 미리 나한테 언질이라도 좀 해줬으면 좋았을 것을.'

서운한 마음이 들면서도 한편으로는 그에게 한없이 고마웠다.

비록 방법에서 문제가 있긴 했지만 결과적으로 유가장은 또다시 그에게 은혜를 입은 셈이었으니까.

그러한 이신의 노력을 헛되이 할 수는 없었다.

자고로 은혜를 입었으면 마땅히 그에 대한 보답을 하는 게 인지상정.

'기왕 이리된 것, 이쪽에서도 적당히 눈치껏 말을 맞춰주는 수밖에 없겠군.'

그러는 편이 이신과 유정검, 양쪽 모두의 입장을 고려했을 때 가장 나은 방법이리라.

때마침 제갈호연 쪽에서 먼저 말을 걸어왔다.

"설마 모르고 계셨습니까?"

혹시나 하는 그의 물음에 유정검은 아까 전의 놀람은 거짓말인 양 태연하게 웃으면서 말했다.

"하하하, 그렇지 않소. 사실 검주에게 미리 언질을 받긴 했지만 설마 귀가의 영애와 만남을 가졌을 줄은 미처 몰랐던 터라… 그 때문에 조금 놀랐을 뿐이요."

"아, 그러셨군요."

약간 어색하고 미심쩍은 부분이 없잖아 있긴 했지만, 제갈호연은 그냥 그러려니 하고 넘어갔다.

설마 일개 수신호위인 이신이 감히 가주인 유정검과 단 한 마디의 상의도 없이 멋대로 일을 진행했을 리는 없다고 판단했기 때문이다.

그게 상식적으로도 맞았다.

아무튼 그 후로 이야기는 일사천리로 진행되었다.

남은 것은 유가장 내부에서 수뇌 회의를 거치는 일 정도뿐이었는데, 감히 제갈세가와의 동맹을 대놓고 반대할 만큼 간 큰 이는 없었다.

사실상 동맹은 거의 체결된 거나 마찬가지였다.

다만, 한 가지 문제가 아직 남아 있었다.

*   *   *

"상행의 호위?"

"네, 그렇습니다."

"호위라면 유가장 자체의 무력으로도 감당할 수 있지 않나?"

이신의 물음에 단무린이 고개를 내저었다.

"안타깝게도 유가장에서 보유한 전력으로는 호위에 필요한 최소한의 머릿수를 채우는 것조차 간당간당합니다. 더욱이 포목점 사업체 하나만 운영할 것도 아니지 않습니까?"

단무린의 말 대로였다.

가장 막대한 돈줄이 되는 포목 사업체를 제외한다고 해도, 유가장에는 열 개가 넘는 소규모 상회가 더 있었다.

그들 역시 외부와의 꾸준한 거래를 통해서 성장해야 하는데, 정작 호위할 인원이 부족해서 상행에 나갈 수 없다는 건 어불성설이었다.

"그렇다고 해서 무작정 제갈세가의 도움을 받아서도 안 됩니다."

"어째서?"

그의 물음에 단무린 대신 소유붕이 답했다.

"그야 뻔한 거 아닙니까. 자칫 잘못하면 대등한 입장이 아니라 제갈세가에 끌려다니는 산하 세력으로 전락하고 말 가능성이 높으니까 그러는 거지요."

"상당히 마음에 안 들긴 하지만 이조장의 의견이 맞습니다."

단무린이 이어서 말했다.

"유가장과 제갈세가의 동맹이 오래가기 위해서라도 절대 한쪽만 이득을 보거나 도움을 받는 관계가 되어선 안 됩니다."

어디까지나 동등한 입장에서 일이 진행되어야만 했다.

자고로 한쪽에 마냥 의지하기만 하는 일방적인 관계는 나중에 반드시 파탄이 생기게 마련이었으니까.

"즉 이 문제를 해결하기 위해서 당장 해야 할 일은……"

이신은 일부러 살짝 뜸을 들인 뒤 말했다.

"어떤 표국과 손을 잡느냐는 거군."

"바로 그겁니다."

단무린은 속으로 '역시 형님'이라고 덧붙이면서 말했다.

"그리고 단순히 상행의 호위를 구한다는 목적으로만 손을 잡아선 안 됩니다."

"그건 또 무슨 소리야?"

소유붕이 반문하자 단무린은 바로 한심하다는 표정으로 말했다.

"애당초 왜 형님께서 유가장과 제갈세가의 동맹을 추진했다고 생각하지?"

"그거야 뭐… 대외적으로 남의 눈치 안 보고 제갈세가의 지원을 받을 수 있어서?"

"하아, 틀린 말은 아니지만 그건 어디까지나 표면적인 이유에 불과해. 좀 더 머리를 굴려봐."

"거 되게 잘난 척하는군. 그래서 그것 말고 진짜 이유는 따로 있다는 거냐?"

"물론이지."

단무린은 이신 쪽으로 시선을 돌리면서 말했다.

"애당초 형님께서 이번에 제갈세가와의 동맹을 요구한 것도 따져 보면 유가장 자체의 힘이나 영향력을 키우고 넓히기 위한 하나의 방편 아닙니까?"

그의 물음에 이신은 고개를 끄덕였다.

단무린은 거봐라는 듯 소유붕에게 말했다.

"네놈도 알기 쉽게 설명한자면, 과거 금와방의 경우를 생각하면 이해하기 쉬울 거다."

"금와방이라. 흐음, 그러고 보니……."

소유붕은 뒤늦게 금와방이 내내 무당파의 속가문파라는 점을 이용해서 무한 내에서 입지를 다져 왔음을 상기했다.

생각해 보면 유가장이 내내 금와방에게 밀렸던 것도 금와방 자체의 힘보다는 그들 뒤에 있는 무당파라는 결코 무시할 수 없는 우방의 존재 때문이었다.

즉 지금의 유가장에 있어서는 제갈세가가 바로 그러한 역할을 대신해 줄 거라는 소리였다.

그렇다면 이번에 표국과 손을 잡는 것은……

"무한 내에서 유가장의 편이 되어줄 새로운 동맹, 그것이 진짜 목적이다."

"과연……."

그제야 소유붕도 수긍한다는 듯 고개를 끄덕였다.

인간은 결코 혼자서 살아갈 수 없다.

그건 무림인들이 세를 이뤄서 만든 문파 역시도 마찬가지다.

필연적으로 주변의 다른 문파와 관계를 맺을 수밖에 없고, 그걸 기반으로 자신의 세력을 존속하거나 아니면 보다 위로 올라가기 위한 발판으로 삼게 마련이다.

소위 말하는 인맥이었다.

더불어서 현재 유가장에 가장 부족한 부분도 바로 그 인맥의 부재였다.

"그래서 나더러 중개자 역할을 해달라고 한 거군."

소유붕의 말에 단무린이 고개를 끄덕였다.

"우리 중에서 그나마 그자와 면식이 있는 사람은 제비, 너뿐이니까."

지금 그들이 있는 곳은 유가장도 운중장도 아니었다.

바로 무한뿐만 아니라 중원 땅 전역에 뿌리내린 대형 표국, 중원표국의 무한 지부였다.

그리고 단무린이 말한 그자는 그 지부 안에서도 가장 공사 다망한 인물이었다.

그도 그럴 게 그들이 이곳 접객당(接客堂)에서 대기한 지도 어언 반 시진째였으니까.

"그나저나 과연 오늘 안에 그자를 만날 수 있기는 한 건지 의문이군요."

바로 그때였다.

이신이 마시려고 들었던 찻잔을 도로 내려놓으면서 중얼거렸다.

"보아하니 양반은 못 되는군."

똑똑똑—

그와 동시에 문 두드리는 소리가 장내에 울렸다.

소유붕과 단무린의 고개가 문 쪽으로 향했다가 다시 이신에게로 돌아왔다.

자신들보다 한 박자 더 빠르게 반응한 이신에게 내심 감탄했다는 눈치였다.

그런 가운데 한 사내가 장내로 들어섰다.

넉넉한 풍채에 각진 턱 선과 부리부리한 호목이 인상적인 삼십 대 장한이었다.

바로 중원표국 무한 지부의 국주, 따로 추풍객이란 무명을 떨치고 있는 손열, 본인이었다.

그는 호통한 웃음과 함께 이신 등에게 말했다.

"하하하. 이거 참, 생각보나 오래 기다리게 해서 송구합니다. 갑자기 일이 너무 바빴던지라……"

미안한 말투였지만 정작 표정을 보면 전혀 그렇지 않다는 느낌이었다.

오히려 이렇게 바쁜 와중에도 만나주는 것을 고맙게 여기라는 듯한 투에 가까웠다.

이신의 입꼬리가 살짝 올라갔다.

'우리가 찾아온 이유를 이미 다 알고 있군.'

시작부터 쉽지 않겠다는 강한 예감과 함께 손열의 말이 이어졌다.

"금와방과의 생사결 때 멀리서 뵀던 분을 이리 가까이서 보다니……. 그땐 정말 대단했습니다. 설마 유가장에서 그 정도의 고수가 나올 줄이야. 아마 모든 무한의 사람이 깜짝 놀랐을 겁니다."

이신을 바라보는 손열의 눈빛은 호감에 가까웠다.

동시에 연신 무언가를 살피는 듯한 기색이 어렴풋이 느껴졌다.

"그래서 무슨 용무로 저를 보고자 하신 겁니까?"

잡다한 이야기도 잠시, 곧바로 본론으로 들어가는 손열의 말에 이신은 소유붕을 향해서 살짝 곁눈질했다.

이에 소유붕이 앞으로 나서면서 말했다.

"간단한 거래를 하고 싶소."

"거래라. 난데없이 그런 말을 하다니. 뭐, 거래란 좋은 것이지요. 물론……."

손열은 슬쩍 이신 쪽을 바라보면서 말했다.

"서로 간의 이해득실이 맞아떨어질 때야 비로소 가치가 있는 것이긴 하지만 말입니다."

마치 숨기고 있는 패를 얼른 꺼내라고 강요하는 듯한 그의 말에 소유붕은 웃으면서 말했다.

"충분히 이득이 될 것이오. 특히 중원표국 차원에서도 이건 결코 손해될 이야기가 아니니까."

"호오, 그리 말씀하니까 실로 궁금해지는구려."

손열은 정말로 궁금하다는 듯 말했다.

하나 장내에 있는 사람들 중 그것이 그의 진심이라고 믿는 이는 아무도 없었다.

애당초 그는 이신 일행이 왜 자신을 찾아왔는지 얼추 짐작하고 있었다.

따라서 지금 그가 하는 말들은 일종의 시험이었다.

유가장이 자신과 거래하기에 충분한 상대인지 아닌지를 확인하기 위한 시험 말이다.

그리 생각하면서 소유붕이 말했다.

"이번에 유가장과 제갈세가가 동맹을 맺게 되었다는 건 알고 있소?"

"그것 참 축하할 일이군요. 감축드립니다."

"고맙소. 그리고 또 하나, 제갈세가의 상단인 와룡상단(臥龍商團)과 본격적으로 거래를 트게 되었소이다."

"호오, 와룡상단과……."

처음으로 손열의 눈빛이 번뜩였다.

제갈세가와 유가장 간에 뭔가 긴밀한 이야기가 오갔다는 정보까지는 입수했지만 설마 와룡상단과도 손을 잡았을 줄이야.

생각지 못한 사실 앞에 손열의 머리가 빠르게 회전하기 시작했다.

대번에 그의 머릿속에서는 유가장 소유의 상회나 포목점 사업체가 이제까지와는 다른 규모로 급성장할 거라는 계산이 내려졌다.

'이거 만만치 않은데?'

대충 상황 파악을 마친 가운데, 소유붕의 말이 이어졌다.

"그러니 앞으로 부득이하게 상행이 잦아질 예정인데, 작은 문제가 하나 있소이다."

"상행의 호위 말이군요."

대번에 손열이 알아듣자 소유붕은 기꺼워하면서 말했다.

"그렇소. 해서 하는 말인데, 앞으로 유가장에서 하게 되는 상행의 호위, 그중 칠 할을 중원표국에 일임하고 싶소."

"호오, 칠 할이나?"

손열의 눈이 살짝 커졌다.

전체 상행 중 칠 할을 자신들에게 일임하겠다니.

거의 모든 상행의 호위를 맡아달라는 거나 다름없었다.

"기간은?"

"일단은 이 년. 계약이 끝날 때까지 별도의 요청이 없을 시, 자동으로 일 년씩 계약 연장."

"흠."

계약 기간도 나쁘지 않았다. 아니, 적어도 이 년 이상의 상행이 보장된 셈이니 오히려 이득이라고 봐야 했다.

거기다 와룡상단과의 거래라면 필시 한 번의 상행 때마다 오고가는 금액도 상당할 터.

당연히 호위를 맡는 측에서 받게 될 수고비도 적잖을 터였다.

이만하면 웬만한 중소 표국이라면 덥석 물어낼 만한 건수임에 분명했다.

하나……

"말씀 잘 들었소."

손열은 한 치의 망설임 없이 자리에서 벌떡 일어났다.

그러고는 등을 돌린 채 나가는 그의 행동은 누가 봐도 축객령이었다.

이에 소유붕이 살짝 당황하면서 그를 잡으려는 순간, 가만히 지켜보던 이신이 불쑥 입을 열었다.

"후회할 텐데?"

"후회?"

손열은 나가다 말고 그 자리에 멈춰 섰다.

그리고 고개만 뒤로 돌린 채로 말했다.

"어째서 제가 후회한다는 겁니까?"

중원표국의 위세는 중원 땅 전체까지 위명이 자자했다.

뿐만 아니라 총단이 자리한 합비에서는 무려 남궁세가의 적극적인 비호마저 받고 있었다.

그런 중원표국이 한낱 중소방파인 유가장의 제안 따위 거절한다고 해서 손해 볼 일은 전혀 없었다.

오히려 유가장 측에서 그들의 바짓가랑이를 붙잡고 매달려도 시원찮을 판국이랄까.

비록 앞으로 유가장이 벌리려는 사업의 규모가 생각보다 크다는 게 조금 걸리긴 하지만, 그렇다고 해도 근본적으로 중원표국이 좀 더 유리할 수밖에 없는 부분이 있었다.

그것조차 모르고 무작정 협박하는 듯한 이신의 태도에 손열은 혀를 내찼다.

'쯧쯧, 이래서 업계에 대해서 잘 모르는 문외한과의 대화는 가급적 피하려고 했는데.'

대놓고 불쾌한 기색이 역력한 그의 모습에 이신의 입꼬리가 슬며시 올라갔다.

"뭔가 착각하고 있군."

"……?"

"좋은 말로 할 때 다시 자리에 앉으시오. 안 그럼……."

이신은 한 차례 뜸을 들인 뒤 말했다.

"이번 거래 후보 중에서 중원표국의 이름은 완전히 제외될 테니까."

"음……!"

이신의 말에 손열의 표정이 급변했다.

거래 후보에서 제외한다?

완전히?

아니, 그보다도 손열의 심기를 건드린 것은 마치 중원표국 외에도 달리 후보로 생각한 표국이 더 있다는 듯한 이신의 말투였다.

중원표국 외의 다른 표국을 거래 대상으로 생각한다?

이건 유가장과의 거래와 별개로 무한을 대표하는 표국의 주인으로서 결코 묵과할 수 없는 일이었다.

자연 손열의 표정이 굳어졌고, 그는 곧바로 자리에 돌아와서 앉았다.

"방금 그 말, 정확하게 무슨 뜻입니까? 설마 우리 표국 말고 또 다른 표국까지 염두에 두고 있다는 건 아니겠지요?"

"정확히 들었소."

이신은 손열의 말을 부정하기는커녕 오히려 그의 말에 곧바로 수긍했다.

이에 손열의 표정이 더욱 굳어졌다.

"으음, 이 대협, 뭔가 이곳의 돌아가는 상황이나 세상 물정에 대해서 잘 모르시는 모양인데, 지금 무한에서 그만한 물동량을 감당할 수 있는 표국은 오직 우리밖에 없습니다."

한마디로 중원표국이 무한 제일 표국이라 말해도 전혀 부족하지 않다는 소리였다.

일견 자기 자랑처럼 들리지만 엄연한 현실이었다.

앞서 손열이 유가장과의 거래에서 중원표국 쪽이 보다 근본적으로 유리할 수밖에 없다고 판단한 것도 그 때문이었다.

"한데 우리와 거래를 안 하시겠다? 정말로 감당하실 수 있겠습니까?"

손열은 유가장과의 거래를 포기할 생각이 전혀 없었다.

방금 전 그의 행동도 진짜 축객령이라기보다 흔히 도박판에서 좀 더 판돈을 올리기 위해서 하는 속칭, 공갈에 가까운 것이었다.

즉 모든 게 유가장과의 거래에서 보다 더 많은 주도권을 차지하기 위한 의도된 행동이었다고 볼 수 있었다.

한데 그것을 받아들이기는커녕 아예 판 자체를 뒤엎어 버리려고 하다니.

'도대체 무슨 생각이지?'

지금까지 많은 거래를 해본 경험에 비춰봤을 때, 이럴 경우 뭔가 상대편이 생각지도 못한 패를 꺼내 들어서 상황을 바꾸려는 경우도 많았다.

하나 그가 생각하기에 유가장이 가진 패 중에서 지금의 상황을 뒤집을 만한 패는 많지 않았다.

아니, 사실상 없다고 봐야 했다.

그리 확신하는 이유는 금와방이 무너진 뒤로 줄곧 유가장의 정세를 살피면서 쌓아온 자료와 정보 덕분이었다.

하오문에게 거액을 주고 구한 정보이기에 신뢰도는 확실하다고 봐야 했다.

'분명 허세다. 허세일 수밖에 없어.'

손열이 속으로 그리 확실하고 있을 때였다.

"물론 최고라는 건 인정하겠소. 지금까지는 말이지."

"지금까지는?"

그냥 최고라고 인정하면 그만이지, 뒤에 붙은 왠지 모르게 불길한 전제는 또 뭐란 말인가?

손열의 이맛살이 구겨지려는 찰나, 이신은 전혀 생각지도 못한 말을 불쑥 꺼내 들었다.

"과연 진무표국이 이곳 무한 땅에 본격적으로 진출한 뒤에도 최고라고 자부할 수 있겠소?"

"……!"

진무표국.

무한에는 아직 진출하지 않았지만 이미 중원 전역에 그 이름과 명성을 떨치고 있는 표국!

더욱이 그들의 뒤에는 제갈세가와 함께 호북 지방을 양분하고 있는 양대 패자 중 하나, 무당파가 있었다.

그런 진무표국이 무한에 진출한다?

생각만으로도 손열의 손바닥이 축축해졌고, 표정은 그 어느 때보다도 딱딱하게 굳어졌다.

심지어 가능성이 아예 없는 이야기가 아니란 게 더욱 그의 간담을 서늘하게 만들었다.

왜냐하면 진무표국의 총단은 무한으로부터 그리 멀리 떨어지지 않은 곳에 위치한 인근의 항구도시, 의창(宜昌)이었으니까.

장강의 뱃길을 통해서 충분히 무한으로의 진출이 가능했다.

손열은 애써 떨림을 숨기면서 말했다.

"그, 그런 말은 아, 아직 한 번도 못 들어봤는데. 어, 어디서 그런 이야기를⋯⋯!"

손열은 서둘러 이신에게 정보의 출처를 캐물었다.

그의 입장에선 반드시 사실 여부를 확인해야만 했다.

혹여 사실이라면 한시라도 빨리 그에 맞는 대처를 해야 했으니까.

물론 좀 전에 손열이 그랬던 것처럼 이번에 이신 쪽에서 거꾸로 공갈을 치는 것일 수도 있었다.

부디 후자이길 바라면서 한 질문이었으나, 이어지는 이신의 대답은 그의 기대를 철저하게 저버렸다.

"운검자라고 아는지 모르겠군."

"무, 무당신룡!!"

손열의 벌어진 입이 채 다물어지지 않았다.

차기 무당제일검의 입에서 나온 정보라니.

이신과 운검자가 나름 안면이 있다는 걸 감안하면, 결코 허튼 소리가 아니었다.

더욱이 들리는 소문에 의하면 최근 무한에 돌아오는 길에 운검자와 잠시 동행한 적도 있다고 하니 더욱 그의 말에 신빙성이 더해졌다.

'저, 정말로 진무표국이 무한에 진출한다면……!'

그래서 유가장과 진무표국이 손을 잡게 된다면?

이신의 말마따나 무한 제일 표국이라는 칭호는 더 이상 중원표국의 것이 아니게 될 수도 있었다.

아니, 반드시 그렇게 되고 말 것이다.

그리고 결코 잊어서는 안 되었다.

기존 무한에 자리한 상권이나 유력 인사들이 유독 무당파에 대해서 거의 신앙에 가까울 만큼의 두려움과 경외심을 동시에 가지고 있다는 사실을.

지난날 금와방이 빠른 시일 내에 자리 잡을 수 있었던 것도 그들 뒤에 무당파가 있다는 사실이 크게 작용한 바가 있었다.

거기에다 와룡상단의 막대한 재력까지 더해진다면, 이미 기정사실이라 봐도 무방했다.

그러자 불현 듯 아까 전 이신이 했던 말들이 새록새록 떠올랐다.

—뭔가 착각하고 있군.

착각.

그때는 그게 뭔 헛소리인가 싶었다.

그러나 지금에 와서 생각해 보니 그전의 상황과 맞물리면서 그 말이 무슨 뜻인지 얼추 알 것 같았다.

'내가 착각한 것은……'

자신이 이신에게 일방적으로 요구할 수 있고, 거기에 유가장이 중원표국에 매달릴 수밖에 없는 입장이라고 판단한 것이다.

하나 실상은 정반대였다.

이신의 말마따나 중원표국은 한낱 거래 후보 중 하나에 불과할 뿐이었다.

싫다고 하면 단번에 내칠 수 있는 그런 곳.

더욱이 유일하다고 믿었던 것과 달리 자신들을 대체할 수 있는 대상까지 이미 마련해 났다는 사실을 인지하는 순간, 손열의 얼굴에서 핏기가 싸악— 가셨다.

동시에 그의 무릎이 절로 바닥으로 향했다.

"이, 이 대협! 부, 부디 아량을……!"

분명 처음만 하더라도 거래를 자신의 뜻대로 이끌려고 했던 손열.

하나 지금은 완전 정반대의 상황이 되고 말았다.

그럴 수밖에 없는 게 그는 엄밀히 말해서 이곳 중원표국 무한 지부의 주인이면서도 주인이 아니기도 했다.

지금 그가 이 자리에 있을 수 있는 것은 어디까지나 그의 스승, 표왕 상우진의 임명 덕분이었으니까.

한데 만약 지금의 거래 때문에 무한 지부의 손실이 막대할 경우, 그 즉시 표왕은 그 더러 물러나라고 하고 다른 이를 대신 앉힐 것이다.

그것은 그의 사형이 될 수도, 사제가 될 수도 있었다.

하나 다른 무엇보다 그를 두렵게 한 것은 차후 이 일 때문에 중원표국의 총단을 이어받을 후계자 명단에서 그의 이름이 제외될지도 모른다는 사실이었다.

표왕 상우진은 공과가 실로 분명한 사람이었다.

제아무리 손열이 가장 총애 받는 제자라고 할지라도 가차없이 내치고 말 것이다.

그것만은 무슨 일이 있어도 피해야 했다.

때문에 손열은 처음과 달리 필사적으로 이신에게 매달릴

수밖에 없었다.

그런 그에게 이신은 딱 한마디만 했다.

"부디 앞으로도 잘해봅시다."

그 말에 손열은 그저 꿀 먹은 벙어리처럼 고개만 끄덕일 따름이었다.

'앞으로도'라는 이신의 말이 무슨 뜻인지 미처 헤아리지 못한 채.

第三章
심외지객(心外之客)

중원표국과의 거래는 순조로이 끝났다.

이신은 그길로 유가장으로 향했다.

그러자 마침 기다리고 있던 유정검에게 지금까지 있었던 일들의 현황을 일목요연하게 모두 설명해 줬다.

그의 말이 모두 끝나자마자 유정검은 저도 모르게 헛바람을 내쉬었다.

"허! 정말로 본 가가 너에게 큰 빚을 지고 말았구나."

그도 명색이 가주였다.

그렇기에 이신이 가져온 성과가 얼마나 대단한 것인지 모를

리 만무했다.

심지어 그래 놓고도 딱히 뭔가를 바라지도 않는 눈치였다.

도대체 이걸 어찌 받아들여야 할지 모를 지경이었다.

이에 이신은 말했다.

"하나만 약속해 주실 수 있습니까?"

"얼마든지! 뭐든 다 말해 보거라!"

설령 유가장의 다음 대 장주 직을 내달라고 하더라도 유정검은 기꺼이 그럴 용의가 있었다.

하나 이어지는 이신의 말은 전혀 뜻밖의 것이었다.

"강해지십시오."

"강해… 져라?"

"단순히 가주님만 강해지는 걸로 끝나면 안 됩니다. 유가장을 무한 제일의 세력으로 만들고, 더 나아가서 호북 전체를 아우를 수 있을 만큼 강해지십시오. 그게 제가 바라는 전부입니다."

"……!"

유정검은 뭐라 말을 잇지 못했다.

입을 열면 그 즉시 두 눈에서 뜨거운 눈물이 쏟아질 것 같았으니까.

끝내 그는 떨리는 손으로 말없이 이신의 손을 맞잡는 것으로 모든 대답을 대신할 수밖에 없었다.

그렇게 유가장에서의 일까지 모두 마치고 난 뒤, 운중장으로 돌아온 이신의 눈에 이상한 광경이 들어왔다.

"응?"

북망광검 냉이상.

원래 이신과 한번 싸워보려고 왔다가 신수연에게 묵사발 나고 졸지에 운중장의 식솔이 되어버린 천사련의 장로.

무슨 연유인지 몰라도 그는 온몸이 만신창이가 된 채 바닥에 주저앉아 연신 숨 가쁘게 헐떡이고 있었다.

심지어 알 수 없는 말까지 연거푸 토해냈다.

"허억, 허억……! 소, 소저, 이제 더는 무리일세. 노, 노부는 더 이상은… 허억, 허억!"

그의 발치에는 유지광이 죽은 듯 엎어져 있었는데, 딱 봐도 완전히 탈진한 상태였다.

움직임이라고 해봐야 이따금씩 미세하게 몸을 부르르 떠는 게 다였다.

"…이게 갑자기 무슨 일이지?"

이신이 눈살을 찌푸리며 물었지만 마땅히 대답해 주는 이는 없었다.

그런 가운데, 갑자기 다급한 외침이 들려왔다.

외침의 주인은 다름 아닌 제갈훈이었다.

"이, 이보게! 어, 어서 와서 이 처자 좀 말려보게! 이러다가

머, 멀쩡한 사람 목숨이 날아가게 생겼어!"

"……?"

무슨 일인지는 모르겠지만 이신 등은 서둘러 제갈훈이 있는 곳으로 달려갔다.

그리고 곧 보게 되었다.

평소 입고 다니던 옷이 엉망진창이 되어서 새하얀 살갗을 있는 그대로 드러내고 있는 신수연과 그녀를 어떻게 필사적으로 붙잡고 있는 제갈훈의 모습을.

이신의 표정이 굳어졌고, 서둘러 소유붕이 신수연의 수혈을 제압하는 것으로 장내의 소동은 일단락되었다.

하나 아직 풀리지 않은 의문들이 남아 있었다.

"뭐가 어찌 된 겁니까?"

이신은 평소보다 심각한 표정으로 물었다.

그러자 잠깐의 휴식으로 겨우 숨을 돌리긴 했으나, 여전히 초췌한 몰골의 냉이상이 한숨을 내쉬며 말했다.

"후우, 말도 말게. 갑자기 오전 중부터 찾아와서는 대뜸 노부더러 대련을 하자고 하더군. 보통은 노부가 먼저 그녀에게 청하기 일쑤였는데 말이지."

처음에 냉이상은 얼씨구나, 하고 그녀의 요청을 받아들였다.

검법이 누구보다 좋아서 광검이라 불리는 그가 아닌가?

하나 천하의 광검에게도 정도란 게 있었다.

"신 소저와의 대련은 무려 네 시진 동안 계속 되었네."

"네 시진……!"

소유붕의 눈이 휘둥그레졌다.

거의 반나절 동안 꼼짝없이 붙잡혔다는 소리 아닌가?

그렇게나 오랫동안 대련을 지속했다니.

거기다 신수연 성격상 대충 그를 상대했을 리도 만무하다.

고작 반나절 만에 십 년은 더 늙어 보이는 냉이상의 모습만 봐도 얼마나 힘겹고 고되었을지 능히 짐작이 갔다.

"결국 노부가 먼저 탈진해서 쓰러지니, 이번에는 광이 놈을 무작정 데리고 와서 억지로 대련을 하더군."

"허……."

냉이상도 모자라서 유지광까지 그리 혹독하게 다루었다니.

상대적으로 무공이 훨씬 떨어지는 유지광이 냉이상처럼 오래 버텼을 리 만무하다.

결국 그는 불과 반각도 못 버티고 쓰러져 버렸다.

"그렇게 대련할 상대가 모두 쓰러지자 신 소저는 곧바로 다른 대상으로 눈을 돌렸네."

냉이상의 말을 제갈훈이 이어받으면서 말했다.

"그때 노부는 유 소저와 함께 소소와 화원을 거닐고 있었지. 한데 갑자기 장원의 기관 장치가 작동하더군. 어디 좀도둑이라도 들었나 싶어 와봤더니만 아, 글쎄, 저 얼음 처자가 떡하니 안에 있는 게 아닌가? 나 원 참."

다시 생각해도 어처구니가 없는 듯 제갈훈은 저도 모르게 고개를 절레절레 내저으면서 말을 이었다.

"서둘러 장치를 멈추긴 했지만 저 얼음 처자의 고집이 정말 보통이 아니더군."

그 후로도 신수연은 무려 세 번이나 더 운중장의 기관진식에 도전했다.

당연히 중간에 제갈훈이 말렸지만 씨알도 먹히지 않았다.

덕분에 운중장의 진법이나 기관 장치 모두 대대적으로 보수에 들어가야 할 판국이었다.

비록 돌파는 못 했어도 신수연 정도의 고수가 무작정 힘으로 뚫으려고 했으니 제아무리 완벽한 기관진식이라도 고장이 나지 않고는 못 배겼다.

그런 와중에 이신 일행이 도착한 것이었다.

"흠."

앞서의 정황을 모두 알게 되었음에도 이신의 표정은 어두웠다.

그의 시선이 침상 위에 죽은 듯이 누워 있는 신수연에게로 향했다.

'왜 갑자기 그런 무모한 짓을 한 거요, 신 소저.'

방금 전 마의가 왔다가면서 진맥한 결과, 족히 하루 이틀 정도는 꼼짝없이 누워서 정양해야 한다고 했을 만큼 그녀의 몸은 그야말로 만신창이였다.

물론 자해에 가까울 만큼 자신의 몸을 멋대로 학대한 결과이긴 했지만 분명 거기에는 그만한 이유가 있을 터.

본인의 입을 통해서 그 이유를 직접 듣고 싶었으나, 안타깝게도 그녀는 쉬이 눈을 뜰 것처럼 보이지 않았다.

그저 끊어질 듯 말 듯 옅은 숨을 내쉬고 마시길 반복할 따름이었다.

그렇게 얼마를 바라봤을까.

이신이 문득 제갈훈 등을 바라보면서 말했다.

"잠시 저희들끼리만 있게 해주시겠습니까?"

"뭐, 그거야 상관없지."

조금 뜬금없긴 했지만 모두 군말 없이 방을 나섰다.

그러자 남은 것은 오로지 이신을 비롯한 혈영대 일원들뿐이었다.

그때였다.

돌연 단무린의 그림자가 물결치더니 그 사이로 거대한 이리가 아가리를 쩍 벌리면서 나타났다.

동시에 소유붕은 바닥을 박차고 천장으로 몸을 날렸다.

이 모든 일은 동시에 일어났다.

그리고 그들 사이를 녹색의 안개가 누비고 다닌 것 역시도.

"으음!"

"이건······!"

소유붕과 단무린 둘 다 눈이 휘둥그레졌다.

거대한 이리의 환영이 돌연 좌우로 두 동강나 버려서도, 소유붕의 공격이 빗나가서 놀란 것도 아니었다.

녹색의 안개라고 여겼던 녹의경장 차림의 복면 여인.

그녀가 창졸지간 펼친 수법은 분명 두 사람의 눈에 익은 것이었다.

하나 정확하게 그게 무엇인지 떠올리기 전에 녹의 여인이 움직였다.

"어딜!"

이번에는 소유붕도 거의 동시에 뒤따라서 움직였다.

혈영대 조장 중에서 가장 빠른 경신술의 고수답게 그는 단숨에 녹의 여인의 뒤에 따라붙었다.

하나 그가 막 그녀의 오른쪽 어깨를 붙잡으려는 순간, 녹의 여인의 몸은 순식간에 연기처럼 흩어져 버렸다.

그렇게 연기처럼 흩어지는 것도 잠시, 어느새 이번에는 녹의 여인이 소유붕의 등 뒤를 점했다.

소유붕은 당황하지 않고 허공에서 몸을 팽이처럼 회전시

켰다.

그러자 한 줄기 실 같은 푸른 선사(扇絲)가 녹의 여인을 덮쳤지만 이번에도 그녀는 연기처럼 흩어지더니 저만치 멀리서 다시 신형을 드러냈다.

손에 잡힐 듯 잡히지 않는, 흡사 실체가 없는 유령을 상대하는 것 같은 기분이 드는 기묘한 움직임!

소유붕은 저도 모르게 나지막한 음성으로 뇌까렸다.

"역시 구유환보(九幽幻步)인가……!"

그것은 마교 오대마종의 일맥, 고루마종을 대표하는 절학 중 하나였다.

흔히 고루마종은 고루강시만 다루는 강시술사 집단으로 알고 있지만 그건 잘못된 생각이다.

고루마종은 다른 오대마종과 달리 내부적으로 크게 두 개의 계파로 나뉜다.

하나는 흔히들 아는 고루강시를 제작하는 고루마제(骷髏魔帝) 계파, 또 하나는 유령처럼 소리 없이 적을 암살하는 유령마제(幽靈魔帝) 계파였다.

언뜻 보면 전혀 다른 사문으로 보이지만 고루마제와 유령마제는 어릴 적부터 한 스승 밑에서 배우고 자라온 사형제지간이자 실제로 피를 나눈 친형제기도 했다.

두 개의 계파가 지금까지 줄곧 함께 이어져 내려올 수 있는 것도 그 때문이었다.

그리고 방금 전에 녹의 여인이 펼친 구유환보는 두 계파 중에서 유령마제 계파를 대표하는 절학이었다.

하나 중요한 건 그런 게 아니었다.

저 정도 수준의 구유환보를 펼칠 수 있는 사람은 소유붕이 알기로 고루마종 내에서도 몇 안 되었다.

거기다 제아무리 일부 망가졌다고 하지만 운중장의 기관진식을 몰래 뚫고 들어올 정도의 실력이라면 더더욱 대상은 한정되게 마련.

때문에 소유붕은 날카로운 눈빛으로 녹의 여인을 노려보면서 외쳤다.

"너, 오랜만에 보는 동료끼리 이게 무슨 짓이야!"

그의 외침에 녹의 여인은 대답 대신 침상 옆에 조용히 선채 장내의 상황을 지켜보는 이신 쪽으로 시선을 가져갔다.

복면 바깥으로 유일하게 드러난 그녀의 두 눈에 미비하게 격동이 일어났지만 그도 잠시 언제 그랬냐는 듯 평온을 되찾았다.

그리고 이내 얼굴을 가리고 있던 복면을 벗어던지는 순간, 살짝 앙칼진 듯한 인상에 날카로운 눈매가 인상적인 미녀가 모습을 드러냈다.

하나 장내의 어느 누구도 그녀의 미모에 감탄하지 않았다.

그저 무덤덤한 시선으로 바라볼 뿐이었다.

오로지 소유붕만 그럴 줄 알았다는 얼굴로 살짝 혀를 내찰 따름이었다.

"쯧! 니미랄, 역시 채희였군."

"그럼 달리 누가 있을 줄 알았나, 제비."

"아, 거 왜 그냥 해본 소리 가지고 또 시비야! 너, 나한테 불만 있냐?"

"알고 있으니 됐다."

"이놈이……!"

소유붕과 단무린이 서로 투닥거리는 걸 무시한 채 녹의 여인, 혈영대 제삼조장 문채희가 이신 앞에 정중하게 부복했다.

"대주를 뵙습니다. 부디 저의 갑작스러운 무례를 용서해 주시길."

"됐다, 삼조장. 그보다도 여긴 어쩐 일이지?"

이신이 알기로 그녀는 본래 자신의 소속이었던 고루마종으로 되돌아간 것으로 알고 있었다.

더욱이 유령마제 계파의 차기 수장으로 강력하게 추대받고 있다는 것 역시 알고 있기에 이신은 그녀가 왜 이곳에 나타난 것인지 의문이었다.

게다가 혈영대 시절의 기억으로 비추어보자면 결코 그녀 혼자서 나타날 리 없었다.

그것을 증명하듯 이신의 물음에 문채희 대신 전혀 다른 이가 답했다.

그 대답은 바로 위 천장에서 들려왔다.

"그건 제가 대신 설명하겠습니다, 대주."

굵직하면서 무게감 있는 음성.

흡사 주인의 성격을 그대로 옮긴 듯한 그 목소리에 귀 기울려는 찰나,

쿵—!

한 차례 굉음과 함께 한 거구의 사내가 바닥으로 착지했다.

용케 바닥에 금이 안 갈 걸 다행으로 여기면서 이신은 남들보다 머리 하나는 더 있는 거구의 사내를 올려다봤다.

"역시 너도 온 것이냐, 사조장?"

그러자 사내, 혈영대 제사조장 고영천은 곧바로 문채희와 마찬가지로 바닥에 부복하며 자연스레 이신과 눈높이를 맞춘 뒤 말했다.

"그간 강녕하셨습니까, 대주."

무려 반년여 만에 모든 혈영대의 일원이 한 자리에 모이는 순간이었다.

하나 장내의 인물들 중에서 오랜만의 재회를 반기고 기뻐하는 자는 아무도 없었다.

그저 말없이 서로를 바라보기만 할 뿐이었다.

당연히 그럴 수밖에 없었다.

소유붕 등이 끝까지 이신을 따르겠다고 한 반면, 문채희 등은 그대로 각자의 소속으로 귀순한 쪽이었으니까.

앞서 이신을 바라보던 문채희의 눈빛이 흔들린 것도 그 때문이었다.

이제는 서로 뜻을 달리한 옛 주군 앞에 직접 나선다는 건 보통 용기를 필요로 하는 게 아니었으니까.

어색한 침묵이 흐르는 가운데, 문득 소유붕이 툭 내뱉듯이 말했다.

"강녕은 개뿔, 그런 놈들이 다짜고짜 상대를 떠봐? 이것들이 누굴 호구로 아는 거야, 뭐야."

"제비, 그만둬라. 형님 앞이다."

단무린의 제지에도 불구하고, 소유붕은 꿋꿋하게 말을 이어나갔다.

"거기다 다른 사람도 아니고 감히 주군 앞에서 건방을 떨어? 이거 안 본 사이에 간이 아주 배 밖으로 나왔구만? 어이, 죽고 싶나? 앙?!"

"제비!"

소유붕이 진심으로 살기를 머금기 시작하자 단무린이 버럭 외쳤다.

여차하면 진야환마공을 펼쳐서라도 그를 막을 기세였다.

하나 굳이 그럴 필요까진 없었다.

쿵—!

한차례 지축이 울리면서 바닥이 무너지는 듯한 소리가 이어졌다.

고영천, 그가 난데없이 오체투지를 한 것이다.

온몸도 모자라서 이마까지 바닥에 딱 붙인 채로 그는 외쳤다.

"죽을죄를 지었습니다, 대주! 하나 저나 삼조장도 다 그럴 만한 사정이 있어서 그랬던 것입니다! 부디 하해와 같은 너그러운 마음으로 용서해 주십시오!"

"……."

우렁우렁한 고영천의 사죄에도 이신은 그저 아무 말 없이 그를 내려다보기만 할 뿐이었다.

이에 뒤에 서 있던 소유봉은 소리 없이 눈살을 찌푸렸다.

'하아, 저 미련 곰탱이가…….'

엄연히 잘못은 문채희가 했는데, 왜 애꿎은 그가 이신에게 용서를 구한다는 말인가?

예전부터 그랬다.

고영천은 평소 고지식하게 원리 원칙을 따지는 주제에 단하나, 문채희와 관련된 일에 한해선 철저하게 그녀 편을 들기 일쑤였다.

그것이 정작 그녀에게는 하등의 도움도 안 된다는 것조차 모른 채 말이다.

정말 미련한 곰이 따로 없었다.

그래도 예전과 하나도 달라지지 않은 그의 모습을 오랜만에 봤기 때문일까.

그를 바라보는 소유붕의 시선이 아까 전보다 조금은 부드러워졌다.

그리고 비단 그것은 소유붕에게만 일어난 변화가 아니었다.

"여전히 쓸데없이 진지하구나, 사조장."

"대, 대주?"

이신의 뜬금없는 지적에 순간 고영천은 얼떨떨했다.

이에 이신은 이제까지 무표정하던 게 거짓말인 양 입가에 자그마한 미소를 머금은 채 말했다.

"그만하고 어서 일어나라. 너 때문에 괜히 삼조장이 뒤에서 안절부절못하는 게 보기 안쓰럽구나."

"아……! 예, 옛!"

이신의 말에 잠시 멍한 표정을 짓는 것도 잠시, 이내 고영천은 엉거주춤하면서 바닥에서 일어났다.

그러면서 저도 모르게 입꼬리가 슬쩍 올라갔다.

이에 소유붕이 눈꼴시어 못 봐주겠다는 표정으로 중얼거렸다.

"하여간 저놈의 곰탱이, 채희가 지 걱정한다니까 은근슬쩍 좋아하는 것 보소. 아주 그냥 깨가 쏟아진다, 쏟아져."

딴에는 혼잣말처럼 했지만 그의 목소리는 충분히 방 안의 모두가 들을 수 있을 만큼 컸다.

덕분에 문채희의 얼굴이 일순 붉어졌고, 고영천은 민망함에 괜히 뒤통수만 긁어댔다.

그런 두 사람의 반응에 소유붕의 눈이 휘둥그레졌다.

'어? 이것 봐라. 곰탱이야 그렇다 치지만 채희, 저 앙큼한 것이 저럴 리가 없는데?'

예전 같으면 불같이 화내면서 자신의 말을 백번이라도 부정하고도 남았을 그녀였다.

한데 지금은 얼굴만 붉힐 뿐, 이렇다 할 부정조차 없다?

커졌던 소유붕의 눈이 순간 실처럼 가늘어지면서 번뜩였다.

'설마 이것들이?'

소유붕이 막 입을 열려는 찰나, 단무린이 먼저 선수를 쳤다.

"축하드립니다, 두 분. 결국 그리되셨군요."

"아, 그, 그게……."

단무린의 느닷없는 축하에 고영천은 민망한 것을 넘어서 아예 얼굴이 삶은 문어처럼 벌겋게 달아올랐다.

오히려 여자인 문채희 쪽이 덤덤하게 반응했다.

"고마워요, 오조장."

문채희와 고영천의 사이가 심상치 않다는 건 혈영대의 일원이라면 누구나 다 아는 사실이었다.

워낙에 고영천이 티를 내고 다녔고, 문채희도 의외로 그런 그의 애정 공세를 딱히 싫어하지는 않는 눈치였으니까.

"그렇다고 해도 꽤나 빨리 진행되었군요."

혈영대가 해산된 지 반년 조금 넘었던 걸 제외하면 둘 사이의 진도가 빨리 진행된 감이 없잖아 있었다.

그래서 그냥 궁금한 마음에 가볍게 물어본 것뿐인데, 이어서 돌아온 대답은 결코 가볍지 않았다.

"뱃속에 아이도 있으니까요. 어쩔 수 없이 그리됐어요."

"예? 뭐, 뭐라고요?"

단무린은 순간 저도 모르게 말을 더듬으면서 반문했다.

매사 침착한 그조차 당황할 만큼 문채희의 대답은 실로 충격적이었다.

굳어버린 그를 옆으로 밀치고 소유붕이 소리쳤다.

"뭐? 아이라고? 그게 진짜야?"

"응. 교내의 의원이 직접 확인해 줬어."

"허, 추, 축하한다. 이야, 채, 채희 네가 벌써부터 애 엄마라니. 이게 꿈인지 생시인지……."

저 남자보다 더 괄괄한 성격의 왈가닥이었던 문채희가 한 남자의 여인이 된 것도 모자라서 뱃속에 아이까지 가지다니.

놀라운 것을 넘어서 경이로울 지경이었다.

그러다 문득 정신을 차린 소유붕이 도끼눈으로 고영천을 노려봤다.

그러자 그는 헛기침을 하면서 말했다.

"흠흠, 어, 어쩌다보니 그렇게 되었……."

"야, 이 미친 곰탱이 새꺄! 지금 그딴 게 문제가 아니잖아! 그냥 여자도 아니고 니 애를 밴 여자를 싸움터에 데리고 나오다니! 생각이 있는 거야, 없는 거야?"

소유붕은 연신 고영천에게 폭언을 터뜨렸다.

그럴 만도 했다.

홑몸도 아닌 여자가 임무에 나서다니.

아무리 그녀가 유령마제 계파의 차기 수장이라도 마땅히 지양해야 할 일 아닌가?

더욱이 애 아빠가 고영천이라면 더더욱 옆에서 뜯어 말렸어야 했다.

행여나 소유붕이나 단무린이 초장부터 독하게 손을 썼다면?

자칫 잘못해서 그들의 공격이 빗나가서 그녀의 배 부위에 강한 충격이라도 입혔다면?

그땐 돌이킬 수 없는 것을 넘어서 최악의 상황이 발생했을지도 모른다.

지금 소유붕이 열불같이 고영천에게 화내는 것도 그러한

이유 때문이었다.

사사건건 부딪치긴 했지만 그래도 고영천과 가장 친근한 사이였던 소유붕이다.

그렇기에 그의 폭언은 단순한 폭언이 아닌, 진심 어린 질책이었다.

그렇기에 고영천은 뭐라 말은 못 하고, 꿀 먹은 벙어리처럼 서 있을 수밖에 없었다.

그를 대신해서 낮게 한숨을 내쉬면서 문채희가 말했다.

"이이 잘못이 아냐. 다 내가 고집을 피운 거야."

고영천이 누구보다 문채희에게 약하다는 건 혈영대 사람이라면 모두가 아는 사실이었다.

당연히 그녀의 고집을 꺾을 수 없었으리라.

문채희도 여간 고집불통이 아니었으니까.

하지만 아무리 그렇다고 한들 이건 절대 아니었다.

"야, 문채희! 너……!"

소유붕이 막 그녀에게도 한 소리 퍼부으려는 찰나였다.

가만히 있던 이신이 불쑥 그의 말을 중간에 자르면서 말했다.

"그럼에도 임무를 강행할 수밖에 없었던 이유가 있었다, 그리 주장하고 싶은 거냐, 삼조장?"

"…네."

"그건 처음에 우리를 기습한 이유와도 어느 정도 관련 있겠지?"

문채희는 순간 흠칫했지만 곧 고개를 끄덕이면서 말했다.

"…네, 그렇습니다."

"좋아. 그럼 한 가지만 더 묻겠다."

"말씀하십시오."

"사마 총사가 보낸 거냐."

"……!"

문채희는 물론이거니와 고영천까지도 눈을 부릅뜨면서 이신을 바라봤다.

설마 거기까지 이신이 눈치챌 줄은 미처 몰랐다는 반응이었다.

소유붕 역시 놀라면서 말했다.

"아니, 그게 무슨 소리입니까, 주군? 그 빌어먹을 놈이 왜 주군에게……?"

그의 반응에 이신이 쓴웃음을 머금으면서 중얼거렸다.

"역시 아직도 눈치채지 못했나."

"……?"

소유붕뿐만 아니라 단무린 역시도 의아한 표정을 지으며 그를 바라봤다.

이에 이신은 천장 한구석을 조용히 오른쪽 검지로 가리켰다.

그러고는 육성이 아닌 전음으로 말했다.

[사마 총사가 보낸 감시자다.]

'아⋯⋯!'

이신의 전음이 듣는 순간, 단무린과 소유봉의 뇌리에 자리하던 일말의 의문들이 말끔히 해소되었다.

이신은 공식적으로 마교에는 존재하지 않는 자였다.

실제로 사마결이 마교 내외로 존재하는 이신에 대한 공식적인 기록을 모조리 소거한 것만 봐도 충분히 알 수 있는 사실이다.

그런 와중에 느닷없이 이신에게 사람을 보낸다?

사마결의 입장에서는 아무 사람이나 사자로 보낼 수는 없는 노릇이리라.

자칫 잘못하면 이신의 존재가 외부로 드러날 빌미가 될 수도 있었으니까.

그러니 어느 정도 사전에 입단속이 되면서 이신과 긴밀한 관계에 있는 자, 즉 혈영대의 전 조장이었던 문채희와 고영천이 가장 적임자였으리라.

하지만 그것만으로는 부족했다.

만에 하나 두 사람 중 한 사람이라도 변심해서 다시 이신의 밑에 들어가기라도 한다면?

최소한의 보험이 필요했다.

해서 감시자까지 따로 붙인 것이리라.

물론 두 사람에게는 차마 사마결의 명령을 거부할 권리가 없었다.

이신의 수하였던 그들이 마교에 남기를 선택한 순간, 그건 숙명 아닌 숙명이었다.

그리고 그와 동시에 두 사람은 자신들이 절대로 마교를 배신하지 않을 거라는 확신과 그를 위한 증거를 보여줘야만 했다.

이제 이신과 두 사람이 아무런 관계도 아니라는, 더 나아가서 위에서 명령만 떨어지면 주저 없이 이신에게 이빨을 드러낼 수 있다는 명확한 증거 말이다.

그리고 무엇보다 가장 확실한 증거는 그것을 말이 아닌 행동으로 직접 보여주는 것이다.

꼬리까지 대놓고 붙였다면 더더욱 그래야 할 테고.

그렇기에 하는 수 없이 문채희는 홀몸이 아님에도 직접 나서서 이신을 향해서 칼을 드러낸 것이다.

그리 생각하자 앞서 일어났던 일들의 아귀가 척척 맞아떨어졌다.

대강 상황 파악을 마친 소유붕은 두 주먹을 꽉 쥔 채 부르르 떨어댔다.

'사마결, 이 개새끼가……!'

차마 입 밖으로 내뱉지 못하고, 속으로 그리 중얼거리면서 이를 바득바득 갈아댔다.

행여 대놓고 욕했다가 두 사람과 자신들의 관계를 마교 측에서 오해하기라도 하면 그거야말로 사마결 측에서 내심 바라는 일일 것이다.

그는 하나라도 더 이신과 관련된 흔적들을 이 세상에서 지워 버리고 싶은 사람 중 하나였으니까.

단무린 역시 굳은 표정으로 나지막하게 속삭였다.

"그 사람다운 짓이군요."

그만큼 사마결이 이신을 경계한다는 증거이다.

그렇기에 단무린은 더더욱 의문이었다.

그런 사마결이 도대체 무엇 때문에 그토록 경계하는 이신에게 사람을 보낸 것일까?

물론 대충이나마 짐작 가는 바가 있기는 했다.

그리고 그것은 이신도 마찬가지였다.

"아마도 곧 시작되는가 보군."

"형님도 그리 생각하십니까?"

두 사람의 알 수 없는 대화에 소유붕이 고개를 갸웃거렸다.

"도대체 뭐가 시작된다는 거야?"

그의 물음에 답한 것은 고영천이었다.

"앞으로 두 달 뒤, 천마군림진(天魔君臨陣)이 개방된다."

"뭣?"

그 말이 무슨 뜻이 모를 이는 적어도 이 중에는 없었다.

천마군림진은 이름에서 알 수 있듯이 평소 마교의 성지이자 천마가 거주하는 천마관 근처를 철통같이 방어하는 절진이었으니까.

그곳이 개방된다는 것이 의미하는 바는 크게 두 가지였다.

하나는 적에 의해서 마교가 누란지석의 위기에 처했을 때.

그리고 또 하나는······.

"곧 천마전의 주인이 바뀌겠군."

새로운 천마가 탄생할 때였다.

第四章
오월동주(吳越同舟)

따그닥— 따그닥—

어둠이 짙게 깔린 관도.

그 위를 내달리는 마차 안에서 이신은 조용히 생각에 잠겨
있었다.

—축시 정각에 사람을 보내겠습니다. 부디 그때까지 결정을 내
려주시길.

고영천이 떠나기 직전에 남긴 말.

그 말을 듣고 난 뒤부터 이신은 줄곧 고민하였다.

사마결이 자신을 찾는다.

왜?

'어째서 나를 부르는 거지.'

과거 장사평에서 거의 이신을 내쫓다시피 한 사마결이다.

한데 그랬던 그가 다시금 이신을 마교로 불러들인다?

뭔가 앞뒤가 안 맞았다.

사마결의 성격상 쉬이 자신이 내뱉은 말을 번복하지 않음을 잘 알기에 더더욱 의아할 따름이었다.

'틀림없이 뭔가 있다.'

마교를 떠난 자신을 급히 불러들일 수밖에 없는 긴박한 이유가.

그것도 앞으로 두 달 뒤에 있을 천마 계승식과 뭔가 깊은 연관이 있을 거라는 확신이 들었다.

그리고 또 하나, 이신의 뇌리에서 쉬이 떠나지 않는 의문이 있었다.

그건 바로……

"도착했습니다."

마부의 목소리에 이신은 상념을 멈추고 다시금 현실로 돌아왔다.

어느새 마차는 멈춰 서 있었다.

바깥으로 나오자 달빛 아래 은은하게 빛나고 있는 거대한 호수가 눈에 들어왔다.

흡사 바다라고 해도 믿을 만큼 호수의 규모는 방대하기 짝이 없었다.

이곳이 바로 무한을 대표하는 명물 중 하나인 동호(東湖)였다.

항주의 서호와 쌍벽을 이루는 명승지라는 수식어가 전혀 아깝지 않았다.

그런 동호의 정경을 즐기는 것도 잠시, 마부인 줄 알았던 사내는 곧장 이신을 선착장으로 안내했다.

군말 없이 그를 따라서 선착장에 정박해 있던 유선 중 하나에 오르는 이신.

원래 유객(遊客)들이 아리따운 아가씨를 옆에 끼고 함께 풍류를 즐기기 위해서 만들어진 배이건만, 맞은편의 선객조차 잘 보이지 않을 만큼 유선 안은 고요하고 어두웠다.

이에 의아할 틈새도 없이 사공이 천천히 노를 젓기 시작했다.

생각보다 솜씨가 꽤 능숙한 사공이었는지 유선은 금세 물살을 가르면서 동호의 중간에까지 다다랐다.

그리고 내내 어둡던 유선 안에 조그마한 호롱불이 켜지는 순간, 이신의 바로 코앞에 나타난 것은 애석하게도 화려한 미녀가 아닌 평범한 외모의 중년 사내였다.

그러나 이신은 전혀 실망하지 않았다.

오히려 그는 내심 그럴 줄 알았다는 표정으로 말했다.

"악취미는 여전하시구려."

이신의 말에 중년 사내가 피식 웃으면서 말했다.

"여전히 풍류를 모르는 친구로군. 주위를 한번 둘러보게. 이런 풍경 속에서 오랜 친구와의 술 한 잔! 이 얼마나 운치 있고 좋은가? 물론 미녀가 옆에 없다는 게 아쉽긴 하군."

이신 역시 피식 웃으면서 말했다.

"놀고 있네."

풍류?

운치?

그리고 미녀?

이신과 중년인의 사이는 그딴 물렁한 것들을 논할 만큼 온화하지 않았다.

오히려 지금 당장 이신이 허리춤의 영호검을 뽑지 않은 게 더 신기할 지경이었다.

그도 그럴 것이 눈앞의 중년인이 이신을 거의 토사구팽하다시피 마교 밖으로 내쫓은 장본인, 마교의 총군사 사마결이었으니까.

"너무하는군. 그때 일은 엄연히 상호간의 협조에 의한 결과 아닌가? 너무 그렇게 빡빡하게 굴지 말게. 어디까지나 공은 공, 사는 사 아닌가."

저 능글맞은 말투와 가벼운 태도만 놓고 보면 도저히 마교의 총군사라는 사실이 믿기지 않았다.

하나 이신은 알고 있다.

평소에는 저리 가벼워 보이지만 정작 그가 아무렇지 않게 놀리는 세 치 혀끝에서 얼마나 많은 목숨의 생사가 왔다가는지를.

'괴물이지, 저자도.'

타인의 목숨 따위 한낱 장기판 위의 말보다도 하찮게 여기는 자.

군사란 족속들이 으레 다 그렇지만 사마결은 그중에서도 유독 더 잔인무도한 성품이었다.

그럼에도 평소에는 다른 사람들처럼 웃고 떠들어대는 그 모습이 너무나도 자연스럽다.

소름이 끼칠 정도로.

때문에 이신은 눈앞의 사마결을 경계하고, 또 경계했다.

그런 자신의 마음을 아는지 모르는지 사마결은 술잔을 비우면서 말했다.

"캬아! 대충 두 사람한테 말은 들었지? 자네가 필요하네, 혈영대주."

단도직입적인 걸 넘어서 자칫 남들이 들으면 위험천만해지는 말을 아무렇지 않게 내뱉자 이신은 일순 눈살을 찌푸렸다.

당장 이곳 유선 안에만 하더라도 이 일과는 아무 상관없는 사공이 있지 않은가?

설마 모든 게 끝나고 죽이려는 건가?

그러자 그런 그의 마음을 꿰뚫어본 듯 사마결은 왼손으로 귀를 가렸다.

"아아, 안심하게. 저자는 귀머거리니까. 거기다 이 주변 일대는 자네가 도착함과 동시에 내 수하들에 의해서 봉쇄된 상황이라네. 개미 새끼 한 마리도 얼씬하지 못하니까 편하게 하고 싶은 말 다 하시게."

"……"

주변이 봉쇄되었다.

그건 즉 이신 역시 완전히 포위되고 말았다는 소리와 같았다.

순간 이신의 발치 아래 그림자가 꿈틀거렸지만 이신은 나지막하게 참으라고 뇌까렸다.

그러자 언제 그랬냐는 듯 그림자는 조용해졌다.

이신은 조용히 사마결을 직시했다.

그러면서 내내 의문이었던 부분을 슬며시 꺼내 들었다.

"왜 갑자기 새로운 천마를 정하는 거요?"

"어이쿠, 다짜고짜 그거부터 물어보는 건가? 과연 자네답구만. 빙빙 둘러말하기 싫어하는 건 예전이나 지금이나 똑같군."

너스레를 떨면서 사마결은 빈 술잔을 천천히 채웠다.

또르르르.

그윽한 주향과 함께 호박빛 액체가 다 채워져 갈 쯤, 그는 다시 입을 열었다.

"천마께서 쓰러지셨네."

*　　　*　　　*

눈을 뜨자마자 신수연의 시야에 들어온 것은 칠흑 같은 어둠이었다.

마치 지금 신수연이 느끼는 막막함이 그대로 형상화된 듯한 어둠.

저도 모르게 가슴이 답답해져서 신수연은 무심코 오른팔을 움직였지만 그 대가는 컸다.

"윽!"

송곳으로 쿡쿡 찌르는 듯한 고통과 함께 오른팔이 가벼이 경련을 일으켰다.

과도하게 무리한 탓에 근육 자체가 손상된 것이다.

실제로 그녀의 팔에는 못 보던 부목과 천이 덧대어진 상황이었다.

그것조차 모르고 움직이려고 했으니 안 아프고 배기겠는가.

그럼에도 불구하고 상체를 일으키려는 그녀를 가벼이 내리누르는 손길이 있었다.

"거 쓸데없이 무리하지 말고, 계속 누워계시오."

손길의 주인은 소유붕이었다.

하나 신수연은 그의 손을 힘겹게 밀쳐낸 뒤 기어코 몸을 일으켰다.

이윽고 침상에서 벗어나서 비척거리는 걸음으로 방을 나서는 그녀의 앞을 소유붕이 막아섰다.

신수연은 말없이 그를 노려봤다.

소유붕은 그녀의 날카로운 시선을 아무렇지 않게 마주 보면서 말했다.

"어딜 가시려는 겁니까, 누님."

"…비켜."

신수연은 거칠게 그를 밀쳐냈지만 정작 소유붕은 꿈쩍도 하지 않았다.

대신 그는 한숨을 내쉬면서 말했다.

"후우, 도대체 왜 이리도 바보처럼 답답하게 구시는 게요?

어째서 자신을 혹사시키지 못해서 그리, 그리도 안달이 났냐
는 말이오!"

처음에는 타이르는 듯한 말투였다가 마지막에 가서는 저도
모르게 욱해서 추궁하듯 물었다.

그런 소유붕의 모습은 숫제 마음을 품고 있는 정인에게 불
만을 토하는 연인의 그것과 다를 바 없었지만 스스로는 그
사실을 미처 인지하지 못했다.

소유붕의 물음에 신수연은 딱 한마디만 했다.

"강해지고 싶으니까."

원하는 대답을 들었음에도 소유붕의 얼굴은 한차례 일그러
졌다.

강해지고 싶다.

그런 그녀의 소망이 순수한 무인으로서의 바람이 아니라는
걸 너무나 잘 알기 때문이다.

지난날 광풍권마와의 싸움에서 그녀는 이렇다 할 보탬이
되지 못했다. 오히려 그에게 당해 버려서 본의 아니게 이신의
짐이 되고 말았다.

신수연은 그것이 너무나 분하고 억울한 것을 넘어서 스스
로가 한심하게 여겨진 것이다.

그녀가 강해지는 데 집착하는 진짜 이유도 바로 그것이었
다.

사실상 소유붕의 얼굴이 일순 일그러진 것도, 저도 모르게 이신에 대한 질투심을 느끼는 것도 그래서였다.

하나 그도 잠시, 소유붕은 신수연의 어깨를 붙잡으면서 말했다.

"그러면 더더욱 쉬셔야 합니다. 이런 몸으로 도대체 무슨 수련을 할 수 있는 말입니까?"

그런 기본적인 것조차 모를 사람이 아니었다.

소유붕의 제지에 처음과 달리 가만히 서 있는 게 그 증거다.

이에 그는 속으로 몰래 안도의 한숨을 내쉬면서 말했다.

"우선 정황부터 말씀드리겠습니다. 실은 좀 전에 채희와 곰탱이가 찾아왔습니다."

"삼조장과 사조장이?"

신수연의 눈이 살짝 커졌다.

그녀에게도 두 사람의 방문은 꽤나 의외였으니까.

"뭣 때문에?"

신수연의 입에서 저절로 그 말부터 나왔다.

이에 소유붕은 직접 두 사람에 들은 것과 그걸 기반으로 대충 유추한 사실들을 추려서 말해줬다.

덕분에 몰랐던 사실을 알게 된 신수연은 입술을 앙다물었다.

'새로운 천마…….'

그 자리에 오르는 것은 틀림없이 이신이라고 여기던 때가 있었다.

그리고 그 때문에 총군사 사마결이 이신을 견제했다는 사실 역시 잘 알았다.

한데 왜 이제 와서, 그것도 새로운 천마의 탄생이 머지않은 시점에 이신을 마교로 다시 불러들인단 말인가?

'혹시 천마께 무슨 일이라도…….'

바로 그때였다.

신수연의 고개가 갑자기 휙— 돌아간 것은.

저 멀리 느껴지는 기운의 파동.

그건 분명 이신의 것이었다.

그녀는 의아하다는 표정으로 뇌까렸다.

"주군이 왜……?"

이유는 알 수 없었다.

하나 그가 이 정도의 힘을 개방했다면 분명 그럴 만한 이유가 있을 터.

그녀는 곧바로 소유붕을 밀치고 바깥으로 나섰다.

비척거리는 그녀의 뒤를 소유붕이 한숨을 푹 내쉬면서 따라갔다.

　　　　＊　　　　　＊　　　　　＊

콰우우우우우ㅡ!

유선이 연신 흔들거리고, 동호 전체가 마구 요동을 쳐댔다.

마치 거대한 수룡이 난동을 피우는 듯한 광경!

하나 그 모든 게 이신이 본신의 기운을 일시적으로 개방하면서 벌어진 일이었다.

내내 태연하던 사마결도 이때만큼은 등 뒤로 식은땀이 주르륵 흘렀다.

'무서운 놈. 정마대전 때보다 더 강해졌다니.'

이전에도 이신의 기세를 전면으로 받아본 적이 있는 그였다.

때문에 지금 이신의 무위가 과거보다 한층 더 고강해졌다는 사실을 피부로 한껏 체감할 수 있었다.

'만약 그대로 마교에 남았더라면…….'

암만 중간에서 중상모략을 펼친다고 한들, 이신에게는 그것을 모두 이겨낼 만한 힘과 능력이 있었다.

더욱이 이신은 정마대전의 영웅이었다.

필시 그를 신봉하고 지지하는 자들이 곳곳에서 튀어나와서 거대한 세력을 이루었으리라.

충분한 능력이 되면서 그에 걸맞은 세력까지 이룬다.

없던 욕심도 생길 것이다.

하물며 마교는 누구나 다 인정하는 강자존의 사회.

담 씨로 이어지던 천마의 계보가 이 씨로 뒤바뀌게 되는 초유의 사태가 벌어질지도 모른다.

그것은 결코 사마결이 바라는 마교의 미래가 아니었다.

정마대전 이후 마교는 오랜 전쟁으로 인해서 피폐해진 내부를 재정비할 시간이 필요했다.

그런 와중에 언제 내전의 불씨가 될지도 모르는 요소를 가만히 내버려 둘 수는 없는 노릇이었다.

그렇기에 그는 과거 자신의 결정이 결코 잘못된 게 아님을 재차 확신했다.

그러한 가운데, 이신이 입을 열었다.

"누구요?"

다소 뜬금없는 물음이었지만 사마결은 용케 알아들은 듯 고개를 내저으면서 말했다.

"혈영대주 자네가 생각하는 그런 경우는 아니니까 너무 그렇게 걱정하지 말게. 멀쩡히 살아 계시다고. 그저 말 그대로 쓰러졌을 뿐이야."

"나더러 그 말을 믿으란 것이오?"

"으음, 역시 완전히 다 믿지 않는 건가."

믿는 게 더 이상했다.

이신이 마교를 떠나기 전만 해도 천마는 정정했다.

그는 마교를 지탱하는 거물이요, 또한 그 어떤 풍랑에도 쓰러지지 않을 만큼 튼튼한 거목이기도 했다.

그런 천마가 돌연 쓰러졌다?

아무 이유도 없이?

'뭔가를 숨기고 있어.'

이신은 그리 판단했다. 그리고 그의 판단은 정확했다.

"이건 정말 외부에 알려지면 안 되는 기밀 사항인데… 뭐, 상관없겠지. 뭣보다 천마께 혈영대주 자네는 남이 아니기도 하니까. 나중에 아신다고 해도 가벼이 용서해 주시겠지."

사마결의 말에 이신은 살짝 눈살을 찌푸렸다.

이신은 사부 종리찬 외에도 직접 천마에게서 무공을 사사한 바가 있었다.

그걸 가지고 주변에서 안 좋게 바라보는 시선이 있었는데, 사마결이 딱 대놓고 비꼬아낸 것이다.

이에 뭐라고 한마디 하려는 찰나, 사마결이 먼저 선수를 쳤다.

"독일세."

"독?"

이신의 눈이 커졌다.

사마결도 이때만큼은 지금까지와 달리 진지한 표정으로 말했다.

"정확히는 천천히 기력을 고갈되게 만들어서 뒤늦게 주화입마에 가까운 현상을 일으키는 아주 무서운 독이었지. 천마께서도 쓰러지기 전까지는 그저 본인의 몸이 허하구나하고 넘겼을 뿐이었네. 듣자 하니 그 독의 이름과 출처가……."

이신은 사마결의 말을 중간에 자르고 말했다.

"망혼초, 오독문의 독이오."

이신의 입에서 막힘없이 나온 말에 사마결의 눈이 일순 휘둥그레졌다.

"허! 알고 있었나? 거기다 어디의 독인지까지 정확하게 알고 있다니. 이거 참. 우리도 겨우 간신히 알아냈을 만큼 희귀한 독초인데, 도대체 어떻게 자네가?"

사마결은 감탄과 함께 살짝 의심의 눈초리를 보냈다.

그러자 이신은 사실대로 숨김없이 말했다.

유가장주에게 일어난 일과 총관으로 위장했던 오독문의 제자에 관한 이야기까지 전부 다.

물론 유세화에 대한 이야기는 쏙 빼고 이야기했다.

그의 이야기가 끝나자 사마결이 혀를 내찼다.

"쯔쯔쯔, 이거 참. 어째 자네는 가는 곳마다 본의 아니게 귀찮은 일에 연루되는 것 같군. 그것도 팔자인가?"

"그런 건 아무래도 좋소."

중요한 것은 천마가 망혼초에 당했다는 사실이었다.

거기다 오독문은 흑월과 관련된 것으로 의심되는 새외의 단체 아닌가.

'역시 마교 내에도 흑월의 손길이 뻗치고 있었단 말인가?'

그것도 천마와 가까운 이와 연관되어 있을 가능성이 높았다.

그리 생각하자 이신은 눈앞의 사마결 역시 의심스러웠다.

심지어 그는 이렇게까지 생각했다.

만약 천마가 망혼초에 의해서 쓰러진 게 어쩌면 흑월과 손을 잡은 사마결의 음모가 아닐까 하고.

그런 이신의 의심스러운 눈빛을 본 사마결은 대놓고 기분 나쁘다는 표정을 지으면서 말했다.

"나 원, 그렇게까지 나에 대해서 못 믿는 건가? 이래봬도 마교의 총군사라고. 어떤 군사가 제 손으로 자기가 모시는 주인의 뒤통수를 치겠는가? 뭣보다……."

사마결은 골치가 아프다는 표정으로 말했다.

"그런 괴물들이 우글우글한 곳에서 정녕 나 따위가 막후의 지배자가 될 수 있다고 생각하나?"

"……."

정작 스스로는 자신을 낮췄지만 이신은 사마결이 마음만 먹는다면 가능할지도 모른다고 생각했다.

그는 실제 유능했고, 그도 모자라서 자신을 따르는 세력이나 기반 역시 탄탄했으니까.

하지만 동시에 그가 그렇게 하지 않을 거라는 확신 역시 가지고 있었다.

계산에 밝은 그가 구태여 이렇게 얻을 게 없는 일에 가담할 리가 없을 거라는 확신 말이다.

그의 말마따나 마교에는 사마결 못지 않은 괴물들이 수두룩했으니까.

그들을 모두 제치거나 견제하면서 마교를 손에 넣기보다는 차라리 천마라는 지배자를 앞세우고 그 뒤에서 암약하는 지금의 체재를 유지하는 게 사마결의 입장에서는 훨씬 더 이득이었다.

더불어서 천하의 절반을 소유한 마교의 총군사가 흑월같은 단체와 손을 잡아야 할 하등의 이유도 없었다.

상황 판단을 마치고 나자 사마결에 대한 의심이 어느 정도 풀리면서 이신의 기세도 한풀 꺾였다.

이에 사마결이 말했다.

"알았으면 이제 그만 그 살벌한 기세 좀 거두시게. 나야 별 상관없지만 우리 애들은 다르거든."

아닌 게 아니라 어느 틈엔가 유선 주변에서 적잖은 살기들이 요동치고 있었다.

혹여 이신이 사마결에서 살초라도 펼친다면 그 즉시 공격하겠다는 경고였다.

그래 봐야 이신의 기세에 비하면 새 발의 피였지만 굳이 귀찮은 일을 자초할 필요는 없었다.

이신은 언제 그랬냐는 듯 눈 깜짝할 새에 다시 내부로 기세를 수습했다.

그러자 주변을 에워쌌던 살기도 깨끗이 잦아들었다.

그제야 사마결도 숨통이 트인다는 듯 한결 편안한 얼굴로 말했다.

"아무튼 천마께서 쓰러지고 나신 뒤, 본 교의 중진들이 한꺼번에 벌 떼처럼 일어났네. 지금이야 천마께서 무사하다지만 행여 나중에라도 진짜 잘못되었을 때를 대비해서 이참에 제대로 후계자를 정해두자고 말이지."

"흐음."

천마의 다음 후계자 건은 정마대진 당시에도 줄곧 나왔던 화제였다.

하나 그때 천마는 아직까지 자신이 건재하고, 후계자 후보로 거론되는 자들 역시 뒤를 잇기에는 아직 미숙하다는 이유로 계속 뒤로 미뤄뒀다.

한데 그것이 이번에 천마가 쓰러진 것을 계기로 다시 수면위로 급부상한 것이다.

앞날에 대한 불안감.

천마를 잃은 뒤에 닥칠 혼란까지 생각하면 꽤나 자연스러운 흐름이었다.

사마결은 난감하다는 표정을 지으면서 말했다.

"아직 이르다는 건 나도 동감하지만 대세란 것을 마냥 무시할 수도 없더군."

더욱이 든든한 뒷배가 되어줄 천마가 저 모양이니, 사마결의 의견은 씨알도 먹히지 않았다.

때문에 그 역시 중진들의 의견을 마냥 거부하기 어려웠다.

"참으로 공교롭지 않나? 독 때문이기는 하지만 천마께서 쓰러지신 건 어디까지나 갑작스러운 일이었네. 한데 그 이후의 일들은 너무나 일괄적으로 흘러갔지. 마치……."

사마결의 말을 이신이 이어받았다.

"누군가 그렇게 되도록 뒤에서 은밀히 손을 쓴 것처럼?"

"그렇지. 딱 내가 느꼈던 것도 그러했지. 해서 간단히 조사를 해봤다네."

말은 '간단히'라고 하지만 사마결은 결코 일을 대충할 위인이 아니었다.

그는 필시 마교 중진들의 뒤를 먼지 한 톨 남김없이 탈탈 털었을 것이고, 끝내 알아냈을 것이다.

누가 그들 뒤에 있는지를.

"흑월이라는 작자들이더군. 알아보니 꽤나 오래전부터 본교에 암약하고 있었다네. 거기다 꽤나 의외의 인물이 그와 관련되어 있더군. 나도 모르는 사이에 말이지."

말하면서 사마결은 대놓고 불쾌하다는 기색을 내비쳤다.

내심 자존심도 상한 눈치였다.

자신이 모르는 암류가 마교 내부에 존재했다니.

마교 선체를 완전히 장악하다시피 한 사마결의 정보망을 고려하면, 차마 믿기 어려운 일이긴 할 것이다.

그러나 이미 흑월이라는 존재를 알고 있는 이신의 입장에선 그다지 놀라울 것도 없었다.

그가 궁금한 것은 오로지 사마결이 말하는 흑월과 손을 잡은 인물이 누구냐는 사실뿐이었다.

'누굴까?'

나름대로 생각해 봤다.

뒤에서 여론을 조작할 수 있는 자.

마교 내에서 그런 위치나 역량을 지닌 자는 몇 안 되었다.

하지만 무엇 때문에 그들이 여론을 조작해야 했느냐가 걸렸다.

그래서 다시 원론으로 돌아가서 생각해봤다.

천마의 부재.

그로 인해서 평소에는 누릴 수 없던 이득이나 목적을 꾀할 수 있는 자들.

분명 그중에서 이번 일을 꾸민 자가 있을 것이다.

'…설마?'

이신의 뇌리에 퍼뜩 떠올랐다가 사라진 얼굴.

분명 가능성은 충분한 인물이었다.

그래도 혹시 모르기에 이신은 조심스럽게 입을 열었다.

"혹시 일공자가 관련된 것이요?"

이신의 반문에 사마결의 눈이 순간 번뜩였다.

잘도 핵심에 접근했다는 반응이었다.

하나 그런 그의 반응에도 이신은 기쁘기는커녕 도리어 더욱 오리무중에 빠져드는 기분이었다.

'일공자가 왜?'

그는 마교 내의 거의 모든 이가 지지하는 강력한 후보였다.

딱히 이렇다 할 경쟁자도 없었기에 중간에 무슨 일만 생기지 않으면, 다음 천마 자리는 자동적으로 그의 차지가 될 것이 뻔했다.

더욱이 이제는 이신이라는 강력한 경쟁자마저 사라진 상황 아닌가?

그런 그가 어째서 이번 일과 관련이 있다는 말인가?

혼란스러워 하는 이신을 바라보면서 사마결이 말했다.

"나도 처음에는 믿을 수 없었지. 일공자는 굳이 그럴 이유가 없는 자니까. 한데 알고 보니까 정말로 있더군. 누구도 몰랐던, 그럴 만한 이유가."

사마결은 실로 흥미롭다는 듯이 말했다.

원래 그가 차기 마교의 주인으로 밀고 있던 것도 일공자, 해서 그에 대해선 어느 정도는 대충 파악이 끝났다고 여기고 있었다.

한데 양파의 껍질 속에 새로운 껍질이 있듯이 일공자의 숨겨진 면모가 밝혀졌으니 어찌 흥미롭지 않겠는가.

"일공자가 그 흑월이란 놈들과 손을 잡은 이유는 하나일세."

"그게 무엇이오?"

이신은 저도 모르게 대꾸했다. 그만큼 궁금하다는 반증이었다.

사마결은 그런 이신의 반응을 내심 즐기면서 마저 말을 이었다.

*　　　*　　　*

이신의 기세를 쫓아서 동호 인근까지 도착한 신수연과 소유붕은 미리 약속이라도 하듯 우뚝 멈춰 섰다.

그들의 앞을 막아선 복면인, 사마결 직속 단체인 묵룡단(墨龍團)의 무사들 때문이 아니었다.

그들의 등 너머에서 갑자기 폭발적으로 주변을 점거하기 시작하는 이신의 기세 때문이었다.

쿠와와와왕—!

처음에 멀리서 느꼈던 것보다 이번 이신의 기세가 더욱 강렬하고 무시무시했다.

'주군?'

'도대체 무슨 일이 일어나고 있는 거지?'

의아해하는 두 사람과 마찬가지로 묵룡단 무사들도 내심 당혹해하는 눈치였다.

이윽고 이신의 기세는 다시 잦아들었다.

하나 장내에 감도는 긴장감은 전혀 잦아들지 않았다.

오히려 전보다 무거운 공기 속에서 침묵을 고수할 따름이었다.

그런 가운데 끼익끼익— 하는 노 젓는 소리가 희미하게 들려왔다.

소리는 시시각각 가까워졌고, 이윽고 모두의 시야에 뭍으로 돌아오는 유선 하나가 눈에 들어왔다.

거기에 타고 있는 두 사람의 면면을 보는 순간, 신수연과 소유붕은 저도 모르게 흠칫했다.

'사마 총사?'

'어째서 주군과 함께?'

동호 주변에 자리한 묵룡단의 무인들을 보고 얼추 사마결 직속 수하랑 만나겠거니 했지만, 설마 사마결 본인과 만났을 줄이야.

문채희나 고영천이 일절 언급도 안 했기에 놀라움은 더욱 컸다.

하나 두 사람이 놀라거나 말거나 사마결은 이신에게 작별의 말을 건넸다.

"오랜만에 봐서 반가웠네. 마침 자네 쪽 사람들도 마중을 나왔군그래. 하긴 그렇게 요란법석을 떨었으니 안 나오는 게 더 이상하긴 하군."

"……."

"허허, 예나 지금이나 재미없는 사람 같으니. 그럼 이 늙은 이도 그만 가봐야겠군. 본 교에서 다시 보세나. 부디 그때까지 보중하시게."

사마결은 쌩하니 미련 없이 수하들과 함께 자리를 떠났다.

남은 이신의 곁으로 신수연과 소유붕이 다가갔다.

"주군! 도대체 저 작자와 무슨 이야기를 나누신 겁니까? 더욱이 본 교에서 다시 보자고 하다니, 이게 무슨……."

"……."

소유붕의 물음에도 이신은 아무런 대답도 하지 않았다.

그저 굳은 얼굴로 방금 전에 들었던 사마결의 말을 속으로 되뇔 뿐이었다.

─일공자께서는 지금 전쟁을 준비 중이시네.

'전쟁…….'

대관절 무슨 전쟁이란 말인가?

더군다나 정마대전이 끝난 지 불과 반년도 채 되지 않은 시점 아닌가?

굳은 표정으로 이신은 무심코 하늘을 올려다봤다.

달은 아직까지도 구름 속에 가려져 있었다.

마치 이 일을 해결하기 전까지는 그 모습을 드러내지 않을 것처럼.

이윽고 이신은 탄식하듯 말했다.

"도대체 무슨 생각이냐, 담천기……."

본인 외에는 누구도 알 수 없으리라.

일공자의 진짜 생각이 무엇인지.

그리고 이신은 깨닫게 되었다.

한때 적이라고 봐도 무방한 사이였던 사마결과 이제는 속절없이 한 배에 타게 됐다는 사실을.

그 후로 이틀 뒤, 운중장 마구간 한쪽에 자리하고 있던 사두마차가 다시금 기나긴 여정에 나섰다.

목표는 천산.

약 반년 전에 이신이 떠나온 그곳으로의 원치 않은 귀환이었다.

第五章
태검후(太劍后)

고즈넉한 산골에 자리한 촌락.

무려 한 달이나 되는 긴 여정 끝에 그곳에 들어서는 순간, 이신이 저도 모르게 중얼거렸다.

"여긴 여전하군."

겉보기에는 한적한 시골 마을과 같은 정경이라서 보는 이의 마음을 절로 편안하게 만들었다.

하지만 막상 이곳에 대해서 조금이라도 아는 외부인이라면 결코 편안하게 느낄 수 없으리라.

이곳이 바로 중원 무림 제일의 적, 마교도의 가족이나 관계자들이 살고 있는 마가촌(魔家村)이었기 때문이다.

그리고 이신이 혈영대에 들어가기 전까지 사부 종리찬과 머물면서 수련하던 곳이기도 했다.

"그야 아직 대주께서 마교를 떠나신 지 불과 반년도 채 안 지났으니까요."

이신의 말을 받은 것은 마부석에 앉아 있는 거구의 사내, 혈영대의 전 사조장 고영천이었다.

지난 한 달간 이신 일행을 이곳 마가촌까지 안내한 것도 그와 문채희였다.

이는 이유가 있었는데, 아무리 과거 이신이 정마대전에서 혁혁한 공을 세운 영웅이라 하더라도 지금은 마교를 떠난 몸.

그러므로 함부로 마가촌에 들어갈 수 있는 입장이 아니었고, 그건 이신을 따라서 나온 세 명의 조장도 마찬가지였다.

거기다 일행 중에는 정파 출신인 유세화도 포함된 터라 더더욱 그들만으로는 마가촌에 들어서는 건 불가능했다.

들어서기도 전에 마가촌 주변을 감시하는 마교 무인들에게 제지당하거나 살해될 가능성이 높았기 때문이다.

거기서 고영천 부부의 존재가 큰 도움이 되었다.

왜냐하면 그들이 마가촌 내에서 맡고 있는 공식적인 직책이 생각보다 꽤 높았기 때문이다.

이신과 함께 마차 안에 앉아 있던 소유붕이 혀를 내두르면서 말했다.

"그나저나 설마 곰탱이, 네가 이곳의 촌장을 맡고 있었을 줄이야. 세상 참 오래 살고 볼 일이군."

그의 말에 고영천은 쑥스러운 듯 뒷머리만 긁적였다.

문채희와 달리 고영천은 일선에서 완전히 물러났다.

주군으로 모시던 이신이나 동료였던 신수연 등이 한꺼번에 마교를 떠났으니 굳이 그 혼자 남아 있어야 할 이유를 못 느꼈기 때문이다.

그렇게 원래 자신의 출신지이자 고향인 마가촌으로 돌아갔는데, 뜻밖에도 촌장 자리를 제안받았다.

이에 당황했지만 애당초 어린아이와 아녀자, 그리고 은퇴한 마인들만 사는 마을에서 그처럼 젊은 인력을 가만 놔둘 리 없다는 것을 미처 간과한 게 실수였다.

그 와중에 문채희가 대뜸 자신이 사는 집으로 무작정 쳐들어와서 같이 동거하게 되는 등 이런저런 일들이 많았다.

여하튼 새로이 촌장이 된 고영천의 보증 덕분에 이신 일행은 별문제 없이 마가촌에 입성할 수 있었다.

마가촌의 풍경을 감상하는 것도 잠시, 이신 일행은 곧바로 고영천 부부의 신혼집으로 향했다.

두 사람의 집은 버려진 낡은 폐옥을 보수한 것으로 둘이서 지내기에는 다소 넓은 편이었다.

거기다 비교적 마을 외곽에 자리 잡고 있어서 외부인의 출입이 적었다.

당분간 이신 일행이 지내기에 딱 안성맞춤이었다.

고영천은 집에 도착하자마자 그제야 좀 긴장이 풀린 듯 순박한 시골 청년처럼 푸근하게 웃으면서 말했다.

"모두들 편히 쉬십시오. 전 가서 목욕물이라도 좀 받아놓겠습니다. 그럼……."

서둘러 욕탕으로 향하려는 고영천을 소유붕이 붙잡았다.

"어이, 곰탱이! 나도 도와줄게."

"됐어. 붕이 너도 그냥 쉬어. 잠깐 목욕물이나 좀 끓이는 게 단데 뭐."

"뭔 소리! 자고로 목욕물 온도 맞추는 건 이 몸이 전문가라고. 기억 안 나? 내가 이래봬도 소싯적에는……."

소유붕은 막 떠들어대면서 우물쭈물하는 고영천과 함께 유유히 사라졌다.

멀리서도 그의 수다 소리가 들려왔고, 그것이 잦아질 때쯤 되어서야 남은 일행들은 집 안을 둘러봤다.

신혼부부의 아기자기함 따윈 찾아볼 수 없었다.

두 사람 다 그런 쪽에는 관심이 없기 때문이다.

그저 필요한 물건이나 가구들이 적재적소에 채워져 있을 뿐이었다.

하나 그중에서도 꽤나 이질적이고 좌중의 이목을 단번에 사로잡은 게 있었다.

바로 대나무를 엮어서 만든 작은 채롱이었다.

포근한 천이 채롱 안에 깔려 있는 게 딱 봐도 아기용 요람이었다.

그 외에도 자세히 살펴보니 아이를 위한 물건들이 곳곳에 널려져 있었다.

모두가 물끄러미 문채희를 바라봤고, 그녀의 얼굴이 단번에 붉어졌다.

곧이어 변명이라도 하듯 말했다.

"그, 그게 그이가 아이가 생겼다는 말을 듣자마자 멋대로 만들기 시작한 게 하나하나 쌓여서……!"

"호오, 사조장의 솜씨인가?"

이신은 다시 봤다는 얼굴로 요람을 매만졌다.

설마 고영천에게 그런 재주가 있을 줄은 미처 몰랐다.

'그러고 보니 종종 쉴 때마다 혼자서 나무 인형 같은 걸 조각하긴 했지.'

그때는 그냥 그러려니 하고 넘겼는데, 이런 식으로 손재주를 활용할 줄이야.

뒤에 서 있는 유세화나 신수연이 살짝 부럽다는 기색을 내보였다.

사랑하는 남자가 자신과 곧 태어날 아이를 위해서 노력한다는 점이 부러운 것이었다.

능숙하든 서툴든 간에 그것과는 전혀 상관없이 말이다.

모두의 시선을 애써 헛기침으로 넘긴 문채희는 가서 저녁을 준비하겠다면서 허겁지겁 자리를 벗어났다.

그러자 유세화가 돕겠다고 그녀를 따라갔고, 신수연은 잠시 볼 일이 있다고 어디론가 쌩— 하고 사라졌다

홀로 남겨진 이신은 아무도 없는 거실에 가만히 앉아 있다가 곧 뭔가 떠올린 표정으로 자리에서 일어났다.

"거기나 갔다 와야겠군."

그리 말하는 이신의 얼굴에는 저도 모르게 살짝 그리움이 묻어나 있었다.

*　　　*　　　*

묘비조차 없는 무덤.

그 앞에 이신은 묵묵히 서 있었다.

사부 종리찬의 무덤이었다.

비록 마교를 떠날 때는 보지 못했지만 그래도 기어코 반년 만에 보게 된 사부의 무덤이었다.

절을 올리고 나서 이신은 내심 의아해했다.

'누가 무덤을 관리한 거지?'

너무나 갑작스레 마교를 떠난 이신이었다.

미처 사부의 무덤을 관리해 달라고 따로 주변에다 부탁조차 하지 못해서 이참에 벌초를 할 생각이었다.

한데 무덤 주위의 풀은 이미 깔끔하게 베어져 있었다.

누가 봐도 정기적으로 관리하는 티가 역력했다.

의문이 계속되는 가운데, 등 뒤에서 문득 인기척이 느껴졌다.

돌아보자 그곳에는 이제 삼십 대 초중반 정도로 보이는 백색 궁장의 차림의 중년 미부가 오른손에 국화 한 송이를 든 채로 서 있었다.

그녀의 외모는 실로 신수연과 닮았다.

아니, 오히려 신수연 쪽이 그녀를 닮았다는 게 정확한 표현이리라.

신수연이 지금보다 성숙해지고, 가슴이나 둔부가 더 풍만해진다면 저런 느낌이 들지 않을까 싶었다.

아무튼 그녀를 보자마자 이신의 눈이 일순 커졌다.

"당신은……?"

미부 역시 이신을 보고 조금은 놀란 표정이었다.

하나 곧 무덤덤한 표정으로 중얼거리듯 말했다.

"역시 그대였군. 설마 했거늘……."

이에 이신도 곧 정신을 차리고, 그녀를 향해서 공손하게 예를 취했다.

"오랜만에 뵙습니다, 빙모(氷母). 그간 강녕하셨는지요."

이신의 인사에 대한 빙모, 전대 빙마종주 주화영의 반응은 작게 고개를 끄덕이는 게 전부였다.

둘 사이에 약간 어색한 침묵이 감도는 것도 잠시, 이윽고 주화영이 먼저 입을 열었다.

"그대는 못 본 사이에 무공의 성취가 더 높아진 것 같군. 멋대로 본 교를 나간 주제에 말이야."

뭔가 살짝 가시가 돋친 말이었으나, 이신은 그러려니 했다.

원래 빙마종과 염마종의 사이는 썩 좋지 않았다.

단순히 좋지 못하다는 수준을 넘어서 거의 앙숙에 가까웠다.

특히 수제자이자 당대 빙마종주인 신수연이 이신의 수하 비슷한 게 되어버린 터라 더더욱 그녀의 눈 밖에 날 수밖에 없었다.

"빙모께서야말로 여전히 정정하시군요. 오히려 전보다 더 젊어 보이십니다."

"입에 발린 말은 그만두게."

주화영은 고개를 가로저었지만 이신의 말은 진심이었다.

솔직히 어느 누가 지금의 그녀를 보고 쉰을 넘겼다고 믿겠는가.

그녀의 친딸 신수연과 비교하자면 모녀지간이라기보다 자매지간이라고 보는 게 훨씬 더 어울릴 정도였다.

종종 빙마종의 무공이 여타 무공보다 육신의 노화를 늦춘다는 말이 나돌긴 했지만 암만 봐도 주화영은 소문 그 이상이었다.

"그나저나 빙모께선 여기엔 어쩐 일로……?"

안 그래도 앙숙지간인 빙마종과 염마종이다.

더욱이 이곳은 전대 염마종주인 종리찬의 무덤 앞.

전대 빙마종주인 그녀가 여기에 나타났다는 것은 다소 의외였다.

이신의 말에 주화영은 대답 대신 오른손에 들고 있던 국화를 무덤덤하게 내려놨다.

그러고는 이신더러 들으라는 양 중얼거렸다.

"어차피 제자들이 멋대로 본 교를 뛰쳐나간 동병상련의 처지이거늘. 위로라도 할 겸 꽃 하나 바치러 오는 게 뭐 그리 대수이겠나. 더욱이……."

그녀는 한 차례 뜸을 들인 뒤, 어딘지 모르게 살짝 아련한 표정으로 말했다.

"이미 죽은 자에게 생전의 악연을 들이미는 것만큼 덧없는 것도 없지……."

"……."

말한 주화영이나 들은 이신이나 너 나 할 것 없이 일순 말이 없어졌다.

저마다 무덤의 주인, 종리찬과의 기억을 되새기기 시작한 것이다.

회상을 마친 이신은 아직까지도 회상에 깊게 잠겨 있는 주화영의 옆얼굴을 묵묵히 바라봤다.

얼음처럼 차갑다고 해서 소싯적에 빙백나찰이라고 불렸던 여인이라고 하기엔, 순간적으로 떠오른 그녀의 표정은 마치 죽은 정인을 그리워하는 여인처럼 애달팠다. 눈가도 살짝 촉촉하게 젖어 있었다.

자신이야 사제지간이니 그렇다 치지만 아무래도 주화영과 종리찬 사이에는 남모를 사연이 있는 모양이었다.

'어쩌면 지금껏 무덤을 관리한 것도…….'

속으로 떠올린 생각을 굳이 입 밖으로 내뱉지 않았다.

바로 그때, 주화영이 불쑥 말했다.

"왜 돌아온 것인가?"

주변의 공기가 일순 서늘해졌다.

주화영의 눈가에 맺혔던 눈물도 이미 얼어붙어서 사라진 지 오래였다.

눈에 보일 만큼 선명한 극한의 냉기를 두른 그녀를 보면서 이신은 그제야 미처 간과한 사실을 떠올렸다.

주화영, 그녀에게 빙모라는 다소 온화한 별호 외에도 또 하나의 별호를 지니고 있음을.

그건 바로 태검후(太劍后), 전대 검후라는 살벌한 이름이었다.

주화영의 추궁에 이신은 잠시 고민했다.

그리고 곧 판단을 마친 뒤 말했다.

"전쟁을 막으러 왔습니다."

"전쟁?"

직설적인 이신의 말에 주화영의 아미가 찡그려졌다.

그렇다.

이신은 고민 끝에 솔직하게 있는 대로 사실을 털어놓는 쪽으로 가닥을 잡은 것이다.

괜히 어쭙잖은 거짓말로 얼버무리는 것보다 그러는 쪽이 차후를 생각해서도 나았다.

주화영은 그럴 마음만 먹으면 얼마든지 이신이 뭐 때문에 마교로 돌아왔는지 알 수 있는 위치에 있었으니까.

이신의 대답이 끝나고도 주화영은 한참 동안 아무 말도 하지 않았다.

그런 그녀의 침묵을 이신은 묵묵히 지켜보기만 할 따름이었다.

그렇게 얼마의 침묵이 흘렀을까.

돌연 차가웠던 대기가 본연의 온기를 되찾았다.

동시에 닫혀 있던 주화영의 입술이 열렸다.

"정마대전 때 그리 무수히도 많은 피를 봤던 자가 할 말은 아닌 것 같구나."

"……!"

그 말에 이신의 표정이 살짝 굳어졌다.

주화영의 말 중 무언가가 그의 심기를 건드린 것이다.

하나 주화영은 별다른 거리낌 없이 다시금 말을 이어갔다.

"전쟁은 싫네. 지긋지긋할 정도야. 하지만 그건 어디까지나 본 교 내의 사람들끼리 해결해야 할 문제네. 자네와 같은 제삼자가 끼어들 일이 아니야."

주화영의 말은 정론이었다.

그렇기에 딱히 반론할 만한 부분이 없었다.

그때, 주화영이 다시금 말을 이었다.

"하나 나 또한 이미 은퇴한 지 오래. 이제 와서 굳이 자네를 말리고 말고 할 권리는 없지."

"그 말씀은……?"

이신을 말리지도, 그렇다고 그를 돕지도 않겠다.

그저 중립에서 지켜볼 뿐이다.

주화영은 그렇게 자신의 입장을 분명히 했다.

그리고 그런 그녀의 의견은 곧 빙마종의 의견.

적대할 세력이 하나 줄어들었다는 점에선 한결 편해졌다고
볼 수 있었다.

그 점은 참으로 고마워해야 할 일이었다.

그렇게 주화영과의 대화는 얼추 일단락되었고, 이신은 그녀
가 보는 앞에서 마저 성묘를 마쳤다.

그리고는 미련 없이 산 아래로 내려갔다.

이제는 주화영 혼자만의 시간을 가질 수 있도록 나름 배려
한 것이다.

주화영은 점점 멀어지는 이신의 뒷모습을 묵묵히 바라봤다.

도통 무슨 생각을 하는지 알 수 없는 표정이었지만 대신 그
녀의 입꼬리가 살짝 보일 듯 말 듯 올라갔다.

보기 드문 빙모의 미소.

하나 그 미소는 이내 거짓말처럼 싹 사라졌다.

그녀는 정면을 바라보면서 말했다.

"오랜만이구나."

느닷없는 그녀의 말과 함께 한 차례 설풍이 장내에 휘몰아
쳤다.

그리고 세찬 눈보라를 동반한 채 신수연이 모습을 드러냈다.

평소와 달리 면사를 걸치지 않은 그녀의 외모는 남녀 모두

의 이목을 사로잡을 만큼 아름다웠다.

"오랜만이에요, 어머니."

신수연은 공손하게 인사를 올렸다.

하나 정작 주화영은 그저 냉랭한 시선으로 묵묵히 바라보기만 할 따름이었다.

숨 막히는 침묵 속에서 먼저 입을 연 것은 주화영이었다.

"왜 다시 돌아온 것이냐? 네 눈에는 본종이 네 마음대로 떠났다가 돌아올 수 있을 만큼 만만하게 보이더냐?"

"……"

노여움 가득한 주화영의 꾸짖음에 신수연은 뭐라 대답할 수 없었다.

그 대신 그녀는 조용히 무릎을 꿇었다.

느닷없는 그녀의 행동에 주화영의 아미가 찡그려졌다.

"무슨 짓이냐? 그런다고 내가 너를 용서하리라고 생각하느……"

"강해지고 싶어요."

"……!"

신수연이 자신의 말을 중간에 딱 자르면서 하는 말에 주화영은 일순 두 눈이 휘둥그레졌다.

"…강해지고 싶다고? 진심으로?"

"……"

주화영의 반문에 신수연은 묵묵히 고개를 끄덕였다.

주화영은 일순 이해할 수 없다는 얼굴로 말했다.

"지금 네 실력이라면 이 무림에서 네 적수는 몇 안 될 터. 그 이상은 욕심이란 것도 모르느냐?"

적어도 주화영 자신이 그녀와 싸운다고 쳐도 족히 수백여 합 이상은 손을 나눠야 겨우 제압이 가능할 터였다.

그 정도 실력인데도 보다 더 강해지고 싶다?

과욕이었다.

이에 뭐라고 한마디 더 하려는 찰나였다.

"제 어릴 적 꿈이 뭔지 기억나세요?"

"꿈?"

난데없는 신수연의 말에 주화영은 의아해하였다.

그러거나 말거나 신수연은 계속 말을 이었다.

"그 누구보다 강해지는 것. 그걸 목표로 어려운 수련도 참아냈고, 실제로 어느 정도의 성과도 거뒀어요."

그래서 그녀는 바로 염마종의 후계자, 이신을 찾아갔다.

자신과 비슷한 위치에 있는 그를 꺾음으로서 자신의 강함을 백일지하에 증명하려는 생각이었다.

하나 모두가 알다시피 그녀의 도전은 허무하게 실패로 돌아갔다.

심지어 이신의 내력이 자신보다 일천함에도 불구하고 그와 동수를 이뤘다는 사실 앞에 그녀는 실전에서는 단순히 내력만 높은 게 전부가 아니라는 것을 깨달았다.

해서 대뜸 그날부로 이신이 속한 혈영대에 지원했다.

그의 곁에서 모든 것을 흡수하고 배우리라.

그리고 결국에는 그를 뛰어넘고 말리라.

그렇게 처음에는 호승심에서 시작된 관계였다.

하나 시간이 지나면 지날수록 호승심은 호감으로, 이내 호감은 연정으로 바뀌었다.

더불어 그녀의 꿈 역시 어느덧 처음과 달라져 있었다.

이신을 주군으로 모시고, 언제나 그와 대등하게 서 있으리라!

그리하여 그녀는 정마대전에 참전했고, 하나의 별호를 얻게 되었다.

빙마검후.

이제 묘령의 나이를 갓 넘긴 그녀에게는 실로 과분한 별호였지만, 누구도 그에 대해서 뭐라 하지 않았다.

실제로 그녀는 그만한 실력의 소유자였으니까.

"하지만 마교 밖에 나가게 되면서 느꼈어요. 저는 아직도 한참 부족하다는 것을."

특히 이번에 권마 원웅패에게 압도당할 때, 그녀는 그 어느 때보다 뼈저리게 자신의 부족함을 절감했다.

"지금까지는 한령마공만으로도 충분하다고 여겼지만 앞으로의 싸움에선 그보다 더 강한 힘이 필요해요. 그리고 그걸 줄 수 있는 사람은 오로지 단 한 사람, 어머니뿐이에요."

신수연은 그 어느 때보다 간절한 표정으로 주화영을 바라봤다.

반면 주화영의 표정은 딱딱하게 굳어져 있었다.

이제야 신수연이 뭐 때문에 자신을 찾아왔는지 확실히 감을 잡은 것이다.

"…무모한 짓이야."

두서없는 그녀의 말에 신수연은 고개를 내저었다.

"무모해도 해야 해요. 아니, 기필코 하고 말 거예요."

신수연의 눈에 어린 강한 의지를 본 주화영은 기어코 한숨을 내쉬었다.

"후우, 결국 이 애미의 가슴에 또 한 번 대못을 박는구나."

"죄송해요, 어머니. 하지만……."

송구스럽다는 말투와 달리 그녀는 반드시 하고야 말겠다는 의지가 가득한 눈으로 말을 끝마쳤다.

"무슨 일이 있어도 저에겐 빙정(氷精)이 꼭 필요해요."

*　　　　*　　　　*

어둠이 자욱하게 깔린 늦은 시각.

자신의 집무실에서 사마결은 술잔을 기울이고 있었다.

그런 그의 발치에는 한 흑의인이 부복한 채로 한창 보고를 올리고 있었다.

그가 바로 묵룡대의 대주이자 사마결의 오른팔, 임사군이었다.

"…혈영대주는 오늘 마가촌에 입성했고, 유시(酉時:오후 5~7시) 정각에 우연히 전대 염마종주의 무덤 앞에서 빙모와 조우했다고 합니다. 오늘의 보고는 이걸로 끝입니다."

이신 주변에서 일어난 일들은 하나도 빠짐없이 사마결에게 보고하도록 되어 있었다.

오늘도 예외는 아니었다.

하나 평소에는 그저 그렇구나, 하고 대충 듣고 넘기던 것과 달리 사마결은 마시고 있던 술잔을 내려놓으면서 퍽 재미있다는 표정으로 말했다.

"전대 염마종주의 무덤 앞에서 그와 태검후가 조우했다라. 이거 참, 우연치고는 기가 막히는군. 안 그런가?"

사마결의 물음에 임사군은 침묵으로 일관했다.

어디까지나 그는 사마결의 수족일 뿐, 생각은 그의 몫이 아니었다.

하지만 사마결은 의외의 부분에서 집요했다.

"말해보게. 이번 두 사람의 만남이 정말 우연이라고 보는 가?"

"저는 잘……."

"어허, 상관이 묻는 말에 제대로 답하는 게 수하된 자의 도리 아닌가? 편안하게 말해보게."

이 정도까지 집요하게 물어오자 임사군도 마냥 입 다물고 있을 수 없었다.

그는 잠시 생각을 정리한 후 말했다.

"아마도 빙모는 사전에 우리의 움직임을 알고 있었던 게 아닐까 싶습니다."

안 그럼 딱 이신이 마가촌에 입성하는 날에 성묘를 하러 올 턱이 없었으니까.

즉 주화영, 정확히는 그녀를 필두로 하는 오대마종의 원로들이 이번 일을 주의 깊게 지켜보고 있다는 의미였다.

"어쩌면 우리 정보망 중에서 원로들과 사사로이 연결된 끈이 있는 게 아닌가 싶습니다."

말은 추측이면서, 정작 임사군은 내부에 간자가 있음을 십분 확신하고 있었다.

그의 말에 사마결은 끌끌 웃어댔다.

"끌끌끌, 하여간 그 노물들도 여기저기에 선을 대고 있구만. 무슨 양다리를 걸치면서 연애하는 것도 아니고, 그 나이에 뭔 짓들인지, 원."

"정리할까요?"

임사군의 눈매가 일순 날카로워졌다.

반면 사마결은 고개를 내저었다.

"됐어. 지금은 그냥 놔두게. 어차피 중요한 정보도 아니니까."

"알겠습니다."

임사군은 미련 없이 기세를 거두었다.

사마결의 명령에 순순히 따르겠다는 것도 있지만, 방금 전 사마결이 한 말 중에서 의미심장하게 받아들일 만한 부분이 있었기 때문이다.

'지금은, 이라……'

당장은 오대마종의 원로들을 놔두겠다.

하지만 차후에는 반드시 정리하겠다는 상관의 의지를 읽은 것이다.

하나 그러면서도 그는 뭔가 썩 마음에 들지 않는 눈치였다.

그걸 귀신같이 눈치챈 사마결의 입꼬리가 살짝 올라갔다.

"의문일 테지?"

대뜸 던진 물음에 임사군은 무슨 말인지 모르겠다는 표정을 지었다.

이에 사마결은 술잔을 채우면서 말했다.

"열 길 물속은 알아도 사람 속은 모른다지만, 자네와 내가 함께한 세월이 벌써 십수 년이네. 내가 정녕 눈치채지 못할 줄 알았나."

"저기, 소인은 무슨 말씀이신지 잘……."

"왜 묵룡대가 아니라 혈영대가 이번 일을 맡게 된 것이냐, 그것이 내심 의문일 테지?"

"……!"

순간 임사군은 움찔했다.

하나 곧 언제 그랬느냐는 듯 고개를 가로저었다.

"…그렇지 않습니다."

애써 부정하는 임사군의 모습에 사마결은 피식 웃으면서 말했다.

"혈영대는 이미 사라진 전설이네. 반면 묵룡대는 명실상부 현재 본 교의 최강 특작조직. 그건 내가 보증하네. 하지만……."

사마결의 얼굴에서 돌연 웃음기가 사라졌다.

"그렇기에 더더욱 일공자와 대적해선 안 되네."

"……?"

일공자와 대적해선 안 된다니.

애당초 사마결이 이신을 마교로 불러들인 것은 그가 천마가 되었을 때 벌어질 전쟁, 제이차 정마대전을 막기 위함이 아니었던가?

한데 이제 와서 그와 대적해서는 안 된다고 말하는 것은 모순이었다.

임사군이 쉬이 자신의 말을 이해하지 못하자 사마결이 살짝 답답하다는 표정으로 말했다.

"잊었나? 지금 일공자에게 전쟁을 독촉하는 건 그의 뒤에 있는 흑월이란 놈들이네. 당연히 그놈들만 사라지면, 일공자는 쉬이 전쟁을 일으키지 못하겠지."

"그 말씀은……."

"그래. 치는 건 어디까지나 흑월, 그리고 놈들을 잡는 건 이신과 그 수하들이네."

"음!"

임사군은 슬슬 사마결이 무슨 말을 하는 건지 얼추 그림이 그려졌다.

사마결.

그가 이신을 불러들인 진짜 목적은……

"이이제이(以夷制夷)."

임사군의 머릿속을 훤히 들어다보기라도 한 듯 사마결이 때마침 말했다.

임사군이 놀란 표정으로 바라보자 사마결의 입꼬리가 비릿하게 올라갔다.

어차피 이신이나 흑월이나 마교의 입장에선 오랑캐나 다를 바 없다.

오랑캐를 오랑캐로 잡는 게 뭐 대수이겠나.

"물론 현실적으로 일공자를 제외하고 흑월만 상대하는 건 불가능할 테지. 그래도 상관없네. 이치피 중요한 건 우리이 손을 더럽히지 않는다는 거니까."

임사군은 사마결의 말이 끝나기 무섭게 이 모든 일이 끝난 다음을 생각해 봤다.

흑월을 물리치고 난 뒤, 과연 일공자가 이신을 가만히 놔둘까?

자신의 계획을 엉망진창으로 만든 이신을 반드시 처단하려고 들 터였다.

더욱이 사마결이 일공자를 버리지 않겠다고 했으니, 그때 일공자는 새로운 천마가 되어 있을 터.

만약 그에게서 이신을 처단하라는 명령이 내려온다면…….

'설마?'

임사군은 저도 모르게 사마결을 바라봤다.

앞서 그가 했던 말.

절대로 일공자와 대적해서는 안 되고, 또한 손도 더럽혀선 안 된다는 게 이런 의미였다는 말인가?

순간 임사군은 등골이 오싹해졌고. 남몰래 다짐했다.

앞으로 무슨 일이 있더라도 절대 사마결의 눈 밖에 나지 않겠다고.

그것이 오래 살아남을 수 있는 길이라는 생각과 함께 말이다.

第六章
군림적마(君臨赤魔)

　사흘 뒤.

　이신의 마교로의 입성은 조용히 이루어졌다.

　전 혈영대주였던 그가 공공연하게 모습을 드러낼 수는 없는 노릇이었고, 또한 사마결이 그걸 바라지 않았기 때문이다.

　하나 비록 현실이 그렇다고는 하지만…….

　'그래도 이건 좀 아니지.'

　이신은 못마땅한 기색을 애써 숨기면서 자신 앞에서 으름장 놓는 사내를 바라봤다.

　"잘 들어라, 신참! 이곳이 앞으로 네가 머물 곳이다! 괜히 선

배들 앞에서 실수하지 말고, 정신 똑바로 차리도록! 알겠나?"

"…예."

이신은 마지못해 대답하면서, 슬쩍 곁눈질로 자신 앞에서 잔뜩 으름장 놓고 있는 사내와 건물을 번갈아 바라봤다.

지금 두 사람이 서 있는 곳은 마교 하급 무사들이 머무는 숙소 앞이었다.

그리고 눈앞의 사내는 이신의 교육 담당으로 지정된 선임 무사였다.

이신은 한숨과 함께 턱 아래를 매만졌다. 인피면구의 인위적인 감촉이 고스란히 느껴졌다.

이에 저도 모르게 인상을 찌푸리는 것도 잠시 이신은 품 안으로 손을 가져갔다.

이윽고 웬 호패가 나왔고, 그 위로 음각된 글씨가 그의 시야로 들어왔다.

―적마당(赤魔堂) 산하 귀혼각(鬼魂閣) 소속 하급 무인 강채윤.

그것이 지금 이신의 직책이자 위장 신분이었다.

그런 이신의 정체에 대해서 새까맣게 모르는 그는 나름 군기를 잡는답시고 이런저런 이야기를 떠들어댔지만 이신의 귀에는 하나도 들리지 않았다.

'꼭 이렇게까지 해야 하나?'

굳이 신분을 위장할 거라면 차라리 사마결의 새로운 호위 무사 정도가 낫지 않았을까?

하지만 그런 이신의 의견에 사마결은 안 된다고 단호히 말했다.

더욱이 이신에게 그러한 위장 신분을 준 데에는 다 그만한 이유가 있다는 말까지 덧붙였다.

그 이유가 도대체 뭐냐는 말에 그는 이리 답했다.

―우선 일공자 주변에 자연스레 접근할 수 있는 신분이어야 하네.

그러려면 그의 주변을 돌아다녀도 전혀 어색하지 않는 위치여야 했는데, 딱 알맞은 자리가 있었다.

그게 바로 마교 전체의 경비와 순찰을 담당하고 있는 귀혼각이었다.

비록 정해진 위치밖에는 돌아다닐 수 없는 게 흠이긴 했지만 비교적 다른 위장 신분에 비해서 운신의 폭이 상대적으로 넓다는 게 장점이었다.

거기다 무엇보다도 귀혼각이 적마당 산하 조직이라는 게 핵심이었다.

왜냐하면 현재 적마당의 당주가 바로 일공자 담천기였으니까.

─그곳에서 얌전히 나의 명령을 기다리면서 일공자의 동태를 살피시게. 혹여 흑월과 일공자가 은밀하게 접선하는 조짐이 보인다면, 그때 나에게 연통하시게나.

그 다음은 사마결이 지시를 내리는 대로 따르면 된다는 게 이야기의 골자였다.

듣기에는 그럴싸한 각본이었다.

하나 철저하게 이신을 칼로서 이용하겠다는 사마결의 속내 역시 고스란히 느껴지는 각본이었다.

쓰는 자와 쓰이는 자.

사마결은 그중 전자에 해당하는 인물이니 이런 사고방식도 무리는 아니었다.

지난날 이신더러 조용히 마교를 떠나달라는 부탁을 할 때도 그러했으니까.

하나 그는 뭔가 한 가지 착각하고 있었다.

그때 이신은 어디까지나 더 이상 자신의 손에 피를 묻히는 게 싫어서 자의로 떠났을 뿐, 결코 토사구팽당할 것을 겁내서 떠난 게 아니었다.

지금도 그렇다.

그가 마교로 돌아온 것은 어디까지나 제이차 정마대전이라는 또 다른 전쟁이 일어날 것을 막기 위함이 아니었던가.

'마음에 안 들어.'

분명 그와 사마결은 한 배를 타고 손을 잡았다.

하지만 그렇다고 해서 마냥 이신이 사마결의 생각대로 끌려 다녀야 할 이유는 어디에도 없었다.

생각을 마친 이신은 조용히 뇌까렸다.

"무린."

그러자 그의 발아래 그림자가 일렁이기 시작했고, 동시에 이신이 전혀 자신의 말을 안 듣고 있다는 것을 뒤늦게 깨달은 선임 무사가 버럭 소리쳤다.

"너 이 새끼, 지금 내 말 무시하는 거……!"

하나 그는 미처 말을 끝까지 잇지 못했다.

그전에 웬 검은 그림자가 그를 덮쳤으니까.

그리고 잠시 후, 그림자로부터 간신히 풀려난 선임 무사는 이전과 달리 멍한 눈으로 우두커니 선 채 이신을 바라봤다.

마치 혼이 빠진 인형과 같은 그의 모습을 바라보면서 이신은 말했다.

"다른 사람들에게 알아서 잘 둘러대도록. 그 정도는 할 수 있지?"

"네……."

이신의 명령에 선임 무사는 힘없이 고개를 끄덕였다.

이윽고 숙소 안으로 들어가는 그의 뒷모습을 바라보면서 이신은 혼잣말하듯 중얼거렸다.

"이 문제는 대충 해결되었고, 이제 남은 건 하나뿐인가?"

그의 고개가 한쪽으로 쓱 움직였다.

그러자 건물 뒤편에 은신하고 있던 검은 그림자 하나가 놀란 듯 서둘러 움직였지만 그전에 이신 발아래 그림자가 움직이는 게 훨씬 더 빨랐다.

"커윽!"

단번에 그림자에 사로잡힌 사내는 당황한 기색이 역력했다.

그는 마가촌에서부터 줄곧 이신을 감시하고 있던 묵룡단의 무인이었다.

'도대체 어떻게?'

분명 자신의 은신술은 완벽했다.

그럼에도 어떻게 이신이 눈치챈 것인지 내심 의아할 따름이었다.

더욱이 자신을 붙잡은 이 괴상망측한 그림자의 정체는 또 뭐란 말인가?

그런 그의 의문을 해결해 주지 않은 채 이신은 제 할 말만 했다.

"잠시 내 대신에 수고 좀 해줘야겠어."

"그게 무슨 소… 커억!!"

순간 말하다 말고 무인은 비명을 내질렀다.

하얀 백태를 그대로 드러낸 채 쓰러진 묵룡대 무인을 이신은 무심한 눈으로 내려다봤다.

그런 그의 옆으로 단무린이 소리 없이 스르륵― 나타났다.

이신은 전혀 놀라지 않으면서 말했다.

"모처럼 손아귀에 들어온 패다. 마땅히 유용하게 써먹어야 하겠지?"

알 수 없는 그의 말에 단무린이 희미하게 웃으면서 답했다.

"지당하신 말씀입니다, 형님."

그러고는 혼절한 묵룡대 무인의 머리 위로 손을 가져다 댔다.

그러자 그의 장심에서 흘러나온 검은 연기가 묵룡대 무인의 백회혈로 흘러들어 갔다.

그러자 백회혈을 통해서 흘러들어 간 연기는 살아 있는 뱀처럼 멋대로 그의 두뇌를 쏘다니기 시작했다.

환술 중에서는 단순히 환영을 보여주는 것을 넘어서 인체의 두뇌까지 건드려서 가상의 정보를 진실이라고 믿게 만드는 고도의 세뇌법도 존재했다.

물론 환마종의 환술을 모조리 섭렵한 단무린에게는 그 정도쯤이야 누워서 떡 먹기였다. 앞서 선임 무사의 멍한 모습도 그러한 세뇌법에 당한 결과였다.

그렇게 단무린이 묵룡대 무인을 세뇌하는 데 성공하자마자 이신은 곧장 자신의 얼굴에 쓰고 있던 인피면구를 벗어서 그의 얼굴에다 씌웠다.

그것도 모자라서 호패까지 덤으로 손에다 쥐어줬다.

이제부터 그는 이신을 대신해서 귀혼단 하급 무인 강채윤으로서 지낼 것이다.

앞서 이신이 자기 대신 수고해 달라는 말이 무슨 뜻인지 명확하게 밝혀지는 순간이었다.

물론 그는 상관인 사마결에게 보고를 올리는 것도 게을리하지 않을 것이다.

그리 된다면 제아무리 사마결일지라도 그와 이신이 완전히 뒤바뀌었다는 사실을 중간에 눈치채기까지 꽤 적잖은 시간이 소요될 터였다.

물론 이 사실을 사마결이 알게 되는 날에는 크게 진노할 것이다.

하나 그래도 이신은 아무런 상관없었다.

애당초 그는 순순히 사마결의 의도대로 따라줄 생각이 없었거니와, 딱히 그가 두렵지도 않았으니까.

그리고 또 하나, 사마결이 미처 모르는 사실이 있었다.

*　　　*　　　*

쾅―!

굳게 닫혀 있던 대문이 굉음과 함께 바닥에 내팽겨졌다.

이에 전각 안에서 저마다 제 할 일을 하던 사람들의 시선이 일제히 입구 쪽으로 향했다.

그러자 부서진 대문 사이로 한 사내가 보란 듯이 서 있었다.

때 아닌 적막이 흐르는 가운데, 문득 누군가가 중얼거렸다.

"뭐야, 저 미친놈은?"

그의 말은 모두의 심중을 대변하고 있었다.

이곳이 어디인가?

마교의 내원 중에서도 심처에 속하는 곳이다.

원래 내원 자체가 마교 내에서 꽤나 신분이 높은 자들만 기거할 수 있는 공간.

더욱이 이 전각의 주인이 누군지 알고 있다면 감히 저따위 짓을 할 수 있을 리 없었다.

필시 미친놈이거나 죽고 싶어서 환장한 놈일 터.

그러다 문득 이상한 사실을 깨달았다.

분명 대문은 물론이거니와 이곳 전각의 주변은 적마당의 무인들에 의해서 빈틈없이 지켜지고 있을 터.

한데 어찌 된 일인지 지금까지 그들의 모습이 단 한 명도 보이지 않았다.

더불어 사내의 몰골은 멀쩡하기 그지없었다.

마치 이곳까지 오는 데 아무런 장애도 없었다는 양.

과연 이를 어찌 해석해야 할까?

중인들이 쉽사리 사내에게 달려들지 못하는 것도 사실상 그 때문이었다.

바로 그때였다.

사내, 이신이 일순 장내가 떠나갈 정도로 우렁차게 외친 것은.

"천기이이이이이─!!! 내가 왔다아아아아아─!!!!! 어서 빨리 나와라아아아아!!!"

이신의 외침을 들은 모든 이가 마치 약속이라도 한 듯 스스로의 귀를 막았다.

불문의 사자후처럼 이신의 목소리에 실린 내력이 실로 엄청났기 때문이다.

전각의 지붕마저 일순 뒤흔들릴 정도니 말 다한 것이리라.

하나 그도 잠시, 곧 모두의 얼굴이 사색으로 물들었다.

"저, 저 미친놈이……!"

천기라니.

세상에 마교의 일공자가 무슨 자기 동네 친구라도 되는 줄 아는 것인가?

저리 당당하게 이름을 외치다니!

어안이 벙벙한 것도 잠시, 맨 앞에 서 있던 장한이 분노한 얼굴로 이신을 가리켰다.

"당장 저 미친놈을 붙잡아라! 어서!"

이에 나머지 장한들이 당장 이신을 향해서 쇄도하려는 찰나였다.

쿠우웅—!

갑자기 들려온 굉음 속에서 모두가 멈추었다.

자의에 의한 결과가 아니었다.

지축을 뒤흔드는 충격과 함께 덮쳐온 무형의 기세가 그들의 발목을 붙잡은 것이다.

누군가가 신음성을 내뱉듯 힘겹게 중얼거렸다.

"처, 천마군림보?"

만마를 앙복케 하는 마중제일마(魔中第一魔), 천마의 일보!

이 정도의 경세적인 무공을, 그것도 무려 천마백팔공에 버젓이 상기되어 있는 절학을 익힐 수 있는 사람은 오직 천마와 그 직계 혈족뿐이었다.

그리고 이곳 적마전(赤魔殿)의 주인, 군림적마(君臨赤魔)의 성명절기이기도 했다.

이윽고 한 줄기의 낭랑한 외침이 들려왔다.

"누가 감히 나를 부르는 것이냐!!!"

그 외침에 울리자마자 장내의 모두가 일제히 바닥에 부복했다.

어느 누구도 감히 고개를 들지 못했다.

오직 이신 혼자만이 뻣뻣하게 고개를 든 채로 정면을 바라볼 따름이었다.

그 대범하면서도 오만방자한 모습에 중인들은 내심 혀를 내찼다.

감히 이곳, 적마전에 함부로 발을 들일 때부터 알아봤지만 설마 이곳의 주인이 버젓이 나타난 상황에서조차 저리도 사리분간을 못 하다니.

당장 두 손이 발이 되도록 빌어도 시원찮은 판국 아닌가.

'쯔쯔쯔, 그리도 죽고 싶으면 얌전히 기둥에다 목이나 맬 것이지……'

'누군지 모르지만 이제 곧 죽을 목숨이군.'

그렇게 모두가 이신의 죽음을 거의 기정사실로 받아들이고 있을 때였다.

뚜벅—

장내의 정적을 깨는 발걸음 소리와 함께 붉은 장포가 깃발처럼 휘날렸다.

그와 함께 이제 이립을 바라보는 젊은 나이에 어울리지 않게 깊은 눈이 인상적인 미공자가 똑바로 이신을 바라보면서 걸어왔다.

순식간에 좁혀드는 두 사람의 간격.

사람들은 그 간격이 줄어들수록 이신의 명줄도 줄어드는 거라고 판단했다.

하나 이신의 코앞에 당도하는 순간, 미공자가 보인 행동은 모두의 예상에서 벗어났다.

와락—!

미공자, 마교의 일공자 담천기는 실로 격하게 이신을 껴안았다.

이신도 그의 포옹을 거부하고 자연스레 받아들였다.

도대체 이게 무슨 상황인가 싶을 때, 담천기가 말했다

"오랜만일세, 친구."

          *   *   *

이신과 일공자가 만났다는 소식은 금세 사마결의 귀에 들어갔다.

마교의 총군사인 그의 정보망은 이신이 생각한 것 이상으로 넓었다.

당연히 일공자 측에도 이미 사람을 심어둔 상태.

그를 통해서 알게 된 사실 앞에 사마결은 오른손으로 턱을 괸 채 말했다.

"당했군."

감시자로 붙여둔 그의 수하를 자신의 대역으로 써먹는 것도 모자라서, 심지어 일공자와도 이미 서로 아는 사이였다니.

여러 모로 이신에게 제대로 한 방을 먹은 셈이었다.

하나 그런 것치고 사마결의 말투나 표정은 마치 남의 일을 이야기하듯 무덤덤하기 그지없었다.

'쉽지 않을 거라는 건 이미 알고 있었다.'

사마결이 철저한 이성적으로 상대를 분석하고 그에 맞게 행동한다면, 이신은 자신의 직감에 우선시해서 행동하는 경향이 있었다.

개인적으로 그런 유형의 인물이 가장 껄끄럽고 상대하기도 어려웠다.

이쪽이 내놓은 전략을 한순간에 물거품으로 만들기 일쑤니까.

그렇기에 사마결은 애초부터 이신이 마냥 자신의 생각대로만 움직이지 않을 거라고 크게 기대하지 않았다.

분명 어느 순간부터 멋대로 움직이리라고 얼추 예상하고 있었다.

다만 그 시기가 당초의 예상보다 너무 일찍 찾아왔다는 것이 조금 의외일 뿐이었다.

'그나저나 도대체 그와 일공자 사이에 무슨 접점이 있었던

거지?'

처음 보고를 들은 그 순간부터 내내 사마결의 뇌리에서 떠나지 않는 사소한 의문이었다.

이신과 담천기.

물론 두 사람이 절친한 사이라는 게 말이 안 되는 건 아니다.

하지만 친구가 되기 위해선 적어도 그 계기가 되는 만남이나 사건, 즉 접점이 필요했다.

'적어도 혈영대주가 한참 활동할 때는 아니야.'

이신이 혈영대에 들어간 뒤, 그는 쉴 새 없이 수많은 임무에 투입되었다.

그건 대주가 된 뒤로도 변하지 않아서, 그와 접점을 가진 이는 꽤나 한정되어 있었다.

개중에 일공자는 포함되어 있지 않았다.

'그 말은 그가 혈영대에 들어가기 전에 접점이 있었다는 소리일 터.'

거기까지 유추해 내는 데는 성공했으나, 그 이상은 어려웠다.

당시의 사마결은 아직 총군사가 아니었다.

당연히 얻을 수 있는 정보는 한정될 수밖에 없고, 그것만으로는 이신과 일공자 사이를 자세히 유추하기란 불가능에 가까웠다.

'방법은 하나군.'

사마결은 줄곧 턱을 괴고 있던 오른손을 미련 없이 치우면서 말했다.

"묵룡대주, 거기 있나?"

그의 부름에 바로 앞에서 임사군이 부복한 채로 신형을 드러냈다.

"부르셨습니까?"

남들이 봤다면 놀랐을 만큼 뛰어난 은신술이었지만 정작 사마결은 별로 감흥조차 없다는 얼굴로 말했다.

"하나 조사해 줬으면 할 게 있네. 할 수 있겠지?"

보통 같으면 무엇을 말입니까 라고 대꾸할 법도 하지만 임사군은 곧바로 고개를 끄덕이면서 말했다.

"명을 받들겠나이다."

이윽고 사마결은 명령을 내렸고, 임사군은 다시금 소리 없이 사라졌다.

사라지는 그의 잔상을 응시하면서 사마결은 조용히 중얼거렸다.

"언제까지 내가 당할 거라고 생각하지 말게, 혈영대주."

그러나 그는 미처 깨닫지 못했다.

자신의 발밑에 자리한 그림자가 순간적으로 일렁였다는 사실을.

"거 오기 전에 미리 연통이라도 넣지 그랬나? 느닷없이 사람 놀라게 하는 재주는 여전하구만."

적마전의 주인, 군림적마 담천기의 너스레에 이신은 희미하게 웃으면서 말했다.

"친구 사이에 무슨. 그보다 잘 지내고 있나 보군."

"나? 후후후, 그야 잘 지내고 있지. 내가 이래 봬도 유력한 차기 천마 후보가 아닌가? 못 지내는 게 오히려 더 이상한 일이지."

웃으면서 담천기는 이신의 어깨를 가벼이 두드렸다.

한편 두 사람의 시중을 들기 위해서 줄곧 대기 중이던 시녀들은 내심 놀라워하는 눈치였다.

그녀들이 일공자를 모신 뒤로 그가 이리 편하게 사람을 대하는 모습은 거의 본 적이 없었기 때문이다.

그만큼 이신과 담천기는 가까운 사이였다.

분명 서로 오래간만에 만나는 것일 텐데도 불구하고, 두 사람 다 서로를 어색하기는커녕 바로 어제 만난 사람처럼 자연스럽게 대했다.

이에 이신은 오랜만에 마음이 푸근하고 편안해지는 걸 느꼈다.

예전 무한에서 장대호와의 만남 때도 비슷했다.

그와 만났을 때 이신은 어릴 적 무한 뒷골목을 누비던 때의 향수를 자연스레 떠올렸다.

이번 담천기와의 만남도 그랬다.

오직 그와 자신만이 공유하는 시간대의 향수가 이번에도 그를 덮쳐 왔다.

오랜 친구와의 재회란 으레 그런 것이었다.

하지만 장대호 때와 달리 이신은 편안한 와중에도 살짝 가슴 한쪽이 아릿해지는 것을 느꼈다.

그 고통을 애써 외면하면서 이신은 말했다.

"그나저나 천마께서 쓰러지신 게 사실인가?"

이미 사마결에게 들어서 알고 있긴 했지만 직접 담천기의 입을 통해서 확인하고 싶었다.

이에 담천기는 별다른 거부감 없는 표정으로 말했다.

"사실이네. 아침에 집무실에서 갑자기 쓰러지셨지. 그때 정말 영감탱이들이 난리가 아니었어."

그 후 이어지는 천마가 쓰러진 다음의 이야기는 앞서 사마결에게 들은 것과 크게 다를 바 없었다.

보다 자세하다는 정도의 차이?

더 들어봐야 시간 낭비라는 생각을 할 때쯤이었다.

"그래도 내 입장에선 잘된 일이지. 이렇게 일찍 천마의 자리를 물려받게 될 줄이야. 훨씬 더 나중의 일일 줄 알았거든."

"잘된… 일이라고?"

이신의 표정이 처음으로 살짝 굳어졌다.

이에 담천기는 의아하다는 표정으로 말했다.

"왜 그리 놀라는 거지, 친구? 내가 뭐 못 할 말이라도 한 건
가?"

"……."

이신은 말없이 담천기를 바라봤다.

그런 그의 시선을 담천기는 굳이 피하지 않았다.

오히려 입가에 희미한 미소마저 머금었다.

그 모습 하나 하나가 이신은 썩 마음에 들지 않았다.

그가 알고 있던 담천기와는 어딘지 모르게 다른 모습이었
다. 다른 것을 넘어서 이질적이었다.

비록 안 본 지 꽤 오래 되었다고는 하지만 본질적으로 그는
이렇게까지 기회주의적인 속물이 아니었으니까.

거기다 아버지인 천마가 쓰러졌음에도 전혀 걱정하는 기색
조차 보이지 않다니.

"설마……."

"자네가 총군사 때문에 돌아왔다는 건 이미 알고 있었네."

이신이 뭐라 하려는 찰나, 담천기가 먼저 선수를 쳤다.

이에 이신의 눈이 살짝 커졌다.

'알고 있었다고? 벌써 자신만의 정보망을 구축한 건가?'

놀라운 일은 아니었다.

그는 차기 천마로 유력한 마교의 일공자였다.

마땅한 경쟁자도 없는 판국이니 충분히 자기만의 세력을 구축하고도 남았다.

'그러니까 흑월이 뒤에 달라붙은 거겠지.'

한순간, 이신의 눈이 번뜩였다.

감히 유세화도 모자라서 그의 친구에게까지 마수를 뻗치다니.

안 그래도 높은 흑월에 대한 적개심이 더욱 높아졌다.

한편 이신이 생각보다 덜 놀라는 눈치이자 담천기는 사뭇 재미없다는 듯 말했다.

"생각보다 싱거운 반응인데? 좋아, 그럼 이건 어떤가. 자네와 총군사가 우려하는 것, 그게 뭔지 한번 맞춰볼까?"

"…그런 부분은 예전 그대로군."

쓸데없이 아는 체 하면서 종종 상대를 떠보는 버릇.

저건 담천기 특유의 성정이었다.

그래도 예전의 모습이 조금이나마 남아 있다는 사실에 이신은 내심 안도했다.

그러나 어디까지나 옛 모습이 남아 있을 뿐, 지금의 그는 과거의 그와는 달랐다.

이신은 한숨을 내쉬면서 말했다.

"후우, 몇 가지만 물어보지."

"얼마든지. 자네의 질문이라면 뭐든 답해주지."

담천기는 느긋하게 차를 마시면서 답했다. 반면 이신은 자기 앞에 놓인 찻잔에 손조차 대지 않았다.

대조적인 두 사람의 모습.

처음에 훈훈하던 장내의 분위기는 이미 온데간데없었다.

두 사람 사이로 흐르기 시작한 적막과 무거운 공기 앞에 괜히 애꿎은 시녀들의 숨만 턱 막혀왔다.

이에 이신이 담천기에게 조용히 눈빛을 보냈다. 담천기는 고개를 작게 끄덕인 뒤, 시녀들에게 말했다.

"잠시만 나가 있어라. 따로 부르기 전까지 안에 들어오지 말고."

"예? 아, 예! 아, 알겠습니다, 고, 공자님……!"

시녀들은 내심 살았다는 얼굴로 쪼르르르 뒷걸음질 쳤다.

그녀들이 모두 나가고 방문이 닫히는 순간, 이신은 말했다.

"천마께서 왜 쓰러지신 건지 그 자세한 내막을 알고 있나?"

이신은 아예 직설적으로 물었다.

천마가 쓰러진 이유, 그걸 알고도 과연 흑월과 손을 잡을까?

이신은 내심 그걸 기대하고 물어본 것이었다.

하나 이어지는 담천기의 대답은 예상 외였다.

"알고 있네."

"알고… 있다고?"

끄덕—

담천기는 한 치의 망설임 없이 대답하는 것도 물론이거니와, 이내 웃으면서 말했다.

"망혼초 때문이지. 출처는 흑월이란 점조직이고."

"그걸 알면서도 왜……!"

천마가 쓰러진 이유를 아는 것도 모자라서, 출처가 흑월이라는 사실 역시 알고 있다.

그런데 왜 그는 흑월과 손을 잡고 있는 건가?

어째서 저리도 희희낙락할 수 있단 말인가?

이신은 부르르 떨리는 주먹을 애써 진정시키면서 말했다.

"정녕… 전쟁을 바라는 건가?"

"역시 그걸 염려해서 돌아온 건가? 총군사나 자네나 눈치가 빠르군. 내 수하들 중에선 아직 그 사실을 모르는 놈이 수두룩한데 말이지."

"천기!"

이신이 버럭 언성을 높였다.

쉽사리 흥분하지 않는 그치고 너무나 감정적인 반응이었지만, 정작 담천기는 태연하기 그지없었다.

"후후후, 너무 그러지 말게. 오랜만에 본 친구 사이인데, 그리 화만 내지 말라고."

"…네가 나라면 참을 수 있을 것 같나?"

"글쎄. 잘 모르겠군. 어차피 자네도 내 마음을 모르긴 매한
가지 아닌가?"

"……."

두 사람 사이로 다시금 무거운 침묵이 맴돌았다.

그도 잠시, 이번에 먼저 침묵을 깬 것은 담천기였다.

"특별히 하나 더 알려줄까?"

"이제 와서 또 뭘……."

"흑월, 그놈들은 아직 본 교의 내부까지 완전히 침투하지
못했어. 기껏해야 내원 근처로만 알짱거릴 뿐이지."

"……?"

도대체 무슨 소리를 하려는 걸까?

흑월이 내원 근처밖에 잠입하지 못했다는 건 또 무슨 소리
고.

쓸데없는 소리 하지 말라고 외치려던 이신의 입이 순간 거
짓말처럼 도로 다물어졌다.

일순 그의 뇌리로 스치고 지나간 생각 때문이었다.

"…설마?"

망혼초는 장기적으로 꾸준히 복용해야만 효력이 있는 독이
었다.

유가장 때도 그랬지만, 그러기 위해선 필연적으로 하독 대상과 가까운 사람이어야만 했다.

그런데 담천기의 말마따나 흑월이 아직 내원 근처로만 맴돌 뿐이라면, 직접적으로 천마에게 손을 쓸 방도가 없었다.

왜냐하면 천마를 직접 배알하기 위해선 단순히 내원 소속임을 넘어서 그와 단독으로 만날 수 있는 위치에까지 오른 사람이어야만 했으니까.

그럼에도 천마가 쓰러졌다?

그것도 망혼초에 당해서?

이신이 불신 어린 눈으로 담천기를 바라봤다.

이에 흡족하다는 표정으로 담천기가 말했다.

"넌 역시 눈치가 빨라, 친구. 그래, 네 생각대로야. 아버지한테 하독한 사람은 흑월이 아니라……"

담천기는 한차례 뜸을 들인 뒤, 마저 말을 끝맺었다.

"바로 나였어."

第七章
심판자(審判者)

우우우우우우—!

삽시간에 무형의 기파가 적마전 전체를 뒤덮었다.

내력이 약한 이는 그 자리서 바로 혼절했고, 내력이 강한 이들마저도 진탕되는 내부를 황급히 진정시키는 데 급급했다.

순간 그들의 뇌리에 떠오른 생각은 하나뿐이었다.

'천마께서 오신 건가?'

그렇게 착각할 정도로 장내를 뒤덮은 기파는 실로 강렬했다.

하지만 그들 모두의 생각과 달리 기파를 터뜨린 장본인, 이신은 흑광을 번뜩이는 영호검을 담천기의 목덜미 아래로 들 이밀고 있었다.

만약 이신이 조금이라도 검을 움직이면 담천기의 목이 그대 로 달아날 상황.

하나 담천기는 일체의 당황 없이 느긋한 태도로 말했다.

"어디서 꺼낸 검이지? 전에는 못 본 물건 같은데… 평범한 검은 아니군. 아니, 이제야 제대로 된 짝을 만난 건가?"

간이 배 밖으로 튀어나온 것 같은 배짱과 함께 자신의 안 목을 한가로이 뽐내는 담천기에게 이신은 조용히 물었다.

"왜 그런 거냐?"

그러자 담천기의 입꼬리가 살짝 올라갔다.

"왜 그랬을 것 같아?"

그의 반문에 이신의 눈에 순간 핏줄이 섰다.

절로 영호검을 쥔 손이 부르르 떨렸다.

그 바람에 살짝 검날이 담천기의 목을 스치듯 건드렸지만 담천기는 눈 하나 깜짝하지 않았다.

이에 이신은 작은 한숨으로 흥분을 애써 가라앉히면서 말 했다.

"긴말 안 하겠다. 포기해."

"너야말로 포기하지그래."

"하아, 예나 지금이나 고집불통이군."

애초에 말 한마디로 그의 마음을 돌릴 수 있을 거라고는 기대조차 하지 않았다.

담천기는 한 번 정한 것은 무슨 일이 있어도 끝까지 밀어붙이고 관철해 내고 마는 성격이었으니까.

그 점을 담천기의 최고의 장점이라고 생각했지만 지금 보니 아주 치명적인 단점인 것 같았다.

그렇게 이신이 묵묵히 싸늘한 표정으로 노려보는 것은 전혀 아랑곳없이 담천기는 말했다.

"이봐, 친구. 하나만 부탁해도 될까?"

"왜? 살려달라고?"

진담 같은 이신의 농담에 담천기는 인상을 찌푸렸다.

"에이, 그건 내가 알아서 할 문제고. 진짜 부탁할 건 따로 있지."

담천기는 웃으면서 말했다.

"나랑 같이 본 교를 먹자."

이신도 웃으면서 말했다.

"그딴 거 너나 먹어."

졸지에 천하의 마교가 그딴 거로 취급받고 말았다.

만약 이 자리에서 현재 마교의 중진들이 있었다면 기가 막힌 것도 모자라서 화병으로 몸져누웠을 것이다.

담천기도 살짝 상처받았다는 표정으로 말했다.

"그딴 거라니. 그래도 제법 괜찮은 곳이라고? 흐음, 설마 천마 자리가 아니면 안 되는 거냐? 이거 참, 곤란한데. 이제 와서 여론을 다시 통제하는 것도 쉬운 일이 아닌데…… 뭐, 신이 네가 원한다면야."

"뭐?"

어처구니없게도 담천기는 이신이 자신의 제안을 거절하는 게 천마 자리를 원하기 때문이라고 여겼다.

거기다 그가 자신의 편이 되어주기만 한다면 얼마든지 양보해 주겠다는 투였다.

이신은 뭔가 근본적인 부분에서 그가 뒤틀렸다는 생각을 지울 수 없었다.

'…어디서부터 잘못된 거지.'

스스로 물었지만 사실 이신은 답을 알고 있었다.

담천기가 왜 저리 변했는지를.

그 근본적인 이유를.

욱씬—!

가슴 한쪽이 시리게 아려오는 것을 애써 무시하면서 말했다.

"…그 아이는 이제 없어. 이런 짓은 무의미할 뿐……."

쿠웅!

이신은 채 말을 끝맺지 못하고 뒤로 물러났다.

조금 전까지 그가 서 있던 자리에 담천기의 오른발이 있었다.

발목까지 바닥을 파고들고, 그것을 중심으로 거미줄 같은 균열이 가 있었다.

그리고 조금이라도 이신이 뒤로 물러나는 게 늦었다면, 그 균열을 만든 무형의 충격은 바닥이 아닌 그의 몸을 박살 냈을 것이다.

물론 얌전히 당할 이신도 아니었지만 어쨌든 간에 조심해서 나쁠 건 없었다.

다름 아닌 천마백팔공 중 하나인 천마군림보의 한 수였으니까.

그리고 천마군림보를 펼친 장본인은 처음으로 얼굴에서 웃음기를 싹 지운 채 말했다.

"아무리 너라도 그 이상 지껄이면 가만 안 두겠다, 혈영사신."

"…그래서였구나, 담천기. 아니, 군림적마."

이신은 쓴웃음을 머금었다.

군림적마 담천기.

그가 왜 저리도 전쟁에 집착하는 것인지 그 이유를 이제는 명확하게 알았기 때문이다.

흑월의 부추김?

그딴 게 아니다.

아마도 흑월은 지금까지도 미처 깨닫지 못했으리라.

철석같이 자신들이 뒤에서 조종한다고 믿은 담천기가 실은 역으로 자신들을 이용했다는 사실을.

오로지 단 하나의 목적을 위해 자신들과 손을 잡았다는 것을.

"그렇게도 연아의 복수가 하고 싶었던 것이냐?"

다름 아닌 담천기의 유일한 친동생이자 천마의 막내딸, 죽은 담소연의 복수를 위해서 말이다.

한참 동안 두 사람 사이에 침묵이 내려앉았다.

이신도 담천기도 아무 말 없이 서로를 바라보기만 할 뿐이었다.

그러다 문득 무표정하던 담천기의 입꼬리가 스르륵─ 올라갔다.

비틀린 미소와 함께 그는 말했다.

"역시 나의 마음을 알아주는 건 너뿐이구나, 이신."

이신은 고개를 가로저었다.

"아니, 난 역시 네가 무슨 생각인지 모르겠어. 이미 그 아이를 위해서 본 교가 흘린 피가 적잖다는 걸 모르지 않을 텐데?"

그래, 모르는 게 더 이상했다.

정마대전의 신호탄이 된 것도 다름 아닌 그녀의 죽음이었으니까.

이신이 사신이라는 피비린내 나는 별호를 얻을 만큼 수년간 자신의 손에 피를 묻히길 마다하지 않은 결정적인 이유이기도 했다.

그리고 모두가 알다시피 무수히 많은 자의 죽음과 희생 끝에 정마대전은 마무리 되었다.

이미 그녀를 위한 장송곡은 질리도록 부르고 연주한 셈이다.

한데 이제 와서 또 무슨 복수란 말인가?

다 부질없는 일이었다.

하지만 담천기는 한 치의 망설임 없이 고개를 내저으면서 단언했다.

"그걸로는 부족해."

그리고 덧붙이면서 말했다.

"아직 남궁세가, 그리고 흑룡방(黑龍幇) 그 빌어먹을 것들이 남아 있으니까."

이신은 저도 모르게 무거운 한숨을 내뱉었다.

'역시 그거였나.'

담소연.

그녀의 비극적인 죽음에는 남궁세가와 흑룡방이 깊게 관련되어 있었다.

그리고 두 방파 모두 무림맹과 천사련 양측의 주축을 이루는 세력이라는 공통점이 있었다.

남궁세가는 오랫동안 정파를 지탱해 온 명문가였고, 맹주 백염도제와는 서로 사돈을 맺은 사이기도 했다.

흑룡방도 비슷한 사정이었다.

그러니 제아무리 천마의 막내딸의 죽음과 관련되어 있다고 하지만, 순순히 그들이 멸문을 당하도록 무림맹이나 천사련에서 가만히 손 놓고 있을 수는 없었다.

결국 정마대천은 남궁세가와 흑룡방의 백년봉문이라는 극적인 타협으로 가까스로 마무리되었지만, 담천기에게는 그것만으로는 부족한 모양이었다.

이신은 저도 모르게 안타까운 시선으로 담천기를 바라봤다.

아직까지도 그녀의 죽음을 막지 못했다는 죄책감과 복수심에서 벗어나지 못한 그의 심정을 잘 알기에.

이신 또한 이따금씩 떠오를 때가 있었다.

아무것도 모르는 순진무구한 눈망울로 자신을 '오라버니'라고 부르던 그녀의 모습을.

담천기와 자신을 둘도 없는 친구 사이로 만들어준 거나 다름없는 그녀를 어찌 잊을 수 있겠는가.

그렇기에 잘 알았다.

담소연 본인이 그것을 원할 리 만무하다는 것을.

아니, 만약 그녀가 살아 있었다면 무슨 일이 있어도 담천기를 뜯어 말렸을 것이다.

그녀는 그러고도 남을 착한 아이였으니까.

해서 주변에서도 그녀를 자신의 목숨만큼이나 아끼고 사랑했다.

그녀를 잃고 나서 담천기가 저런 광기 가까운 집착에 빠져든 것도 새삼 이해될 만큼.

하지만 그렇기에 더더욱 말려야 했다.

이 이상 몇 안 되는 지기 중 하나가 파국으로 치닫는 걸 가만히 두고 볼 수는 없었으니까.

"그만해라, 천기야. 연아는 절대로 이런 걸 바라지 않아."

"연아가 바라지 않는다고? 하아, 이미 그건 중요하지 않아."

담천기는 실로 담담하기 그지없는 어조로 말을 이었다.

"놈들은 감히 나 담천기의 동생을 죽이고도 아직까지도 멀쩡히 살아 숨 쉬고 있어. 난 그저 그 사실이 불공평하다고 여겼을 뿐이야. 안 그래?"

"천기야……."

자신에게 동의를 구하는 담천기의 말에 이신은 가슴이 찢어지는 듯했다.

자신도 그들이 봉문으로 죄를 대신했다는 것이 불공평하다는 사실은 인정한다.

그러나 이제 와서 그들을 단죄하기엔 이미 너무나 많은 사람의 피를 흘린 뒤였다.

여기서 더 피를 흘려봐야 무엇 한단 말인가.

물론 계속 말해봐야 담천기가 자신의 말을 들어줄 리 없었다.

그렇기에 목이 메고, 가슴이 찢어졌다.

자신과 담천기, 두 사람의 생각은 이미 평행선 위를 걷고 있다는 것을.

결코 서로의 생각이 하나가 될 수 없다는 사실을 알았기에.

그런 가운데, 담천기가 입을 열었다.

"나는 이 무림에 새로운 질서를 가져다 줄 심판자가 될 거다. 다름 아닌……."

그리고 쐐기를 꽂듯 말했다.

"천마라는 이름으로."

그의 말이 끝나기 무섭게 방문이 활짝 열렸다.

그 사이로 들어오는 일단의 무리들!

저마다 무기나 복색은 제각각이었지만 이신은 굳이 묻지 않아도 알 수 있었다.

그들이 바로 담천기와 뜻을 함께하기로 한 자들이라는 것을.

담천기의 수하들은 순식간에 그와 담천기 주위를 둥글게 에워쌌다. 이신은 곁눈질로 그들을 살피면서 수중의 영호검을 고쳐 쥐었다.

대략적인 그들의 무위는 이신보다 훨씬 아래였지만, 대신 철저하게 진법을 수련한 듯 그들의 포위망은 한 치의 빈틈도 없었다.

담천기는 제발 부탁한다는 표정으로 말했다.

"같이 가자, 이신. 너라면 믿고 함께할 수 있어. 넌 내 유일한 친구이자 …연아의 또 다른 오빠였잖아?"

"……."

담천기의 진심 어린 말, 특히 마지막에 덧붙인 말이 또다시 이신의 가슴을 사정없이 헤집었다.

그 찰나의 망설임을 담천기의 수하들은 결코 놓치지 않았다.

촤아아아악—!

예고 없이 사방에서 날아드는 그물망!

하나같이 쇠사슬로 만들어진 특제 그물망이었다.

더욱이 안에 갈고리 같은 가시도 있어서 한번 얽히면 쉬이 풀려나기 어려웠다.

한발 늦게 반응한 이신은 그대로 그물망 속에 갇혀 버리고 말았다.

"됐다! 놈을 잡았어!"

누군가가 외쳤다.

그들이 던진 그물망은 내력으로 끊을 수 없는 천잠사와 현철(玄鐵)이 합쳐진 기물 중의 기물이었다.

한 번 그 안에 갇히면 제아무리 날고 기는 고수라도 빠져나갈 수 없기로 정평이 나 있었다.

하나 그것이 너무 이른 판단이라는 것을 담천기는 누구보다도 잘 알고 있었다.

그리고 그의 판단이 옳다는 것이 곧 밝혀졌다.

촤좌좌좌촥─!

일순 장내에 눈부시기 짝이 없는 백광이 폭죽처럼 터졌고, 그와 동시에 그물망이 갈기갈기 찢어졌다.

일어날 수 없는 사실 앞에 멍하니 바라보는 것도 잠시, 그물망을 찢은 예의 백광이 이번에는 그들을 덮치기 시작했다.

모두의 얼굴이 사색으로 물들었다.

그때였다.

가만히 서 있던 담천기가 조용히 발을 구르고,

쿠웅─!

천마의 일보 아래 백광의 비가 무참히 압살당한 것은.

그리고 뒤늦게 모두가 깨달았다.

이신의 신형이 어느샌가 시야에서 사라지고 없다는 사실을.

그의 신형이 나타난 것은 다름 아닌 담천기의 바로 코앞이었다.

캉!

허공에서 이신의 영호검이 막혔다.

남천기가 믹은 게 아니다.

그는 유유히 뒷짐을 진 채 서 있을 뿐이었다.

정작 이신의 검을 막은 것은 웬 청의여인의 섬섬옥수였다.

그것도 눈처럼 새하얀.

'소수마공(素手魔功)!'

천마백팔공에 당당히 이름을 올리고 있는 절세마공의 이름을 속으로 외치면서 이신은 뒤로 물러났다.

그가 바닥에 착지하는 순간, 무형의 경력이 사방에서 폭풍처럼 덮쳐왔다.

이신의 검을 막은 청의여인이 재빨리 손을 쓴 것이다.

하나 이신은 당황하지 않고, 그 자리서 팽이처럼 회전했다.

촤아아악—!

그러자 그를 덮쳐오던 경력의 폭풍은 그대로 비단 천처럼 찢겨 나갔다.

이에 청의여인도 내심 당황한 눈치였다.

자신의 공격이 저리도 간단하게 파훼되다니.

그녀가 놀라고 있을 때였다.

"비켜."

누군가가 그녀의 어깨를 잡고 밀치면서 앞으로 쇄도했다.

그러자.

촤좌좌좌촥!

백색의 선이 어지럽게 그의 온몸을 할퀴고 지나갔다.

이신이 날린 검기였다.

청의여인의 눈이 살짝 커졌다.

만약 그가 청의여인을 밀치지 않았다면, 저 검기의 다발은
고스란히 그녀를 덮쳤을 것이다.

죽지는 않겠지만 꽤나 치명상을 입었을 터.

하나 정작 검기에 당한 당사자, 동의(胴衣) 차림의 근육질
사내는 잠시 인상만 찌푸릴 뿐 멈추지 않고 그대로 성난 멧돼
지처럼 앞으로 질주했다.

베어진 옷 사이로 보이는 그의 속살은 벌건 멍 자국 외에는
멀쩡했다. 심지어 그 멍마저도 눈에 보일 만큼 빠른 속도로
사라져 갔다.

그 모습을 본 이신은 저도 모르게 중얼거렸다.

"천마불사강기……!"

과거 흑월의 혈영대주 진백이 모방하려고 했던 불사의 마
공!

소수마공과 마찬가지로 천마백팔공에 당당히 등재되어 있

는 절학이었으나, 정작 그것을 익힐 수 있는 이는 극히 드물었다.

그렇기에 이신은 동의 사내의 정체를 어렴풋이 짐작할 수 있었다.

'천살지체(天殺之體)인가.'

천살성이란 기운을 타고난 신체의 소유자!

사실상 천마불사강기는 천살성의 그 막대한 선천지기를 다루는 방법을 총망라한 궁극의 속생법(續生法)이었다.

때문에 천마불사강기를 온전히 익힐 수 있는 것 또한 오로지 천살지체뿐이었다.

그 전설상으로만 전해지는 천살지체를 실제로 보게 될 줄이야.

놀라움은 거기서 끝나지 않았다.

삐리리리―

어디선가 들려오는 피리 소리.

그 소리가 점점 커지고 화려해질수록 이신은 자신의 가슴이 진탕되고 온몸이 마비되어 가는 것을 느꼈다.

'음공!'

그냥 음공이 아니었다.

구륜배화공을 일신에 익힌 이신에게 이 정도의 영향을 줄 정도라면 그저 그런 음공일 리 만무했다.

실제로 호신강기를 펼쳤음에도 그윽한 피리 소리는 끈질기게 따라붙으면서 이신을 괴롭혔다.

순간 이신의 뇌리로 하나의 이름이 떠올랐다.

'탈혼마적(奪魂魔笛)!'

탈혼적, 또는 천음탈혼적(千音奪魂笛)이라는 이름으로 유명한 그 마공은 과거 피리 하나로 일만의 대적을 격살한 대마두 천음살제(千音殺帝)의 대표 절학이었다.

이신은 내심 혀를 내둘렀다.

소수마공을 펼치는 청의여인부터 시작해서 천살지체의 사내도 모자라서 이제는 천음살제의 후예라니.

이만한 자들을 모은 담천기의 수완이 실로 대단했지만, 그와 상관없이 이대로 넋놓고 있다간 코앞까지 다가온 동의 사내에게 제대로 반항조차 못 하고 당하고 말 터였다.

더욱이 아직 그의 뒤에 청의여인과 담천기가 남아 있음을 잊어선 안 되었다.

들려오는 피리 소리를 애써 무시하면서 이신은 배화공의 진기를 필사적으로 운용했다.

그 불굴의 의지가 헛된 게 아님을 증명하듯 그의 두 눈이 곧 백광으로 물들기 시작했다.

이윽고 배화륜이 미친 듯이 빠르게 회전하는 순간, 이신은 굳게 다물고 있던 입을 열었다.

"갈!!"

그의 음성에 실린 무지막지한 내력이 내내 들려오던 피리 소리를 일순간에 지워 버렸다.

그 반동일까?

"쿨러억—!"

갑자기 저 멀리서 고통 어린 기침 소리가 들려왔다.

내내 피리 소리로 이신을 괴롭히던 천음살제의 후예였다.

그의 연주가 끝나자 이신은 내내 자신을 괴롭히던 음공의 영향에서 완전히 자유로워질 수 있었다.

바로 그때, 그의 코앞까지 당도한 동의 사내의 주먹이 세차게 바람을 갈랐다.

캉—!!

하나 주먹을 휘두른 것보다 빠른 속도로 뒤로 날아가는 동의 사내의 신형.

이신이 검면으로 그의 몸을 있는 힘껏 후려친 결과였다.

가까스로 바닥에 긴 고랑을 남기고서야 멈춰선 그는 재차 질주하려다가 순간 다리에 힘이 풀려 주저앉고 말았다.

스스로 이해하기 어렵다는 표정.

그런 그의 귓가로 이신의 음성이 들려왔다.

"제아무리 불사의 마공이라 한들, 오장육부가 녹아버리면 당장 제 기능을 발휘하긴 어려운 법이지."

좀 전에 단순히 검면으로 후려친 줄 알았던 그의 공격에는 팔열수라수의 절초, 중합내중격의 묘리가 교묘하게 녹아 있었다.

즉 용암처럼 뜨거운 극양의 기운이 쥐도 새도 모르게 천살지체 사내의 몸 안에 침투했다는 소리.

그것도 모르고 성급히 움직였으니 쓰러지는 게 당연했다.

"아무리 베어도 죽일 수 없다면, 한동안 못 움직이게 하면 그만 아니겠어?"

"크윽……!"

이신의 담담하기 그지없는 말에 사내는 치를 떨었다.

어떻게든 내부의 상처를 치유하려고 했지만, 어찌 된 일인지 평소보다 치유되는 속도가 더뎠다.

그도 그럴 것이 천마불사강기에 의해서 치유되는 속도보다 몸 안에 침투한 배화공의 진기가 배는 빠르게 사내의 장기를 녹이고 있었기 때문이다.

그러다 보니 치유보다는 배화공의 진기부터 없애는 게 급선무였다.

한 번에 치유와 내부에 침투한 기운의 제거를 행하지 못하는 것.

그것이 천마불사강기의 유일무이한 단점이었다.

어찌 그 사실을 이신이 아느냐고 묻는 것만큼 바보 같은 소리도 없다.

그는 염마종의 절학 외에도 천마에게서 직접 무공까지 사사한 자.

당연히 천마백팔공에 관한 이야기도 대략적으로 들은 터라 쉬이 대처할 수 있었던 것이다.

"물론 이것도 마찬가지지."

이신은 말을 이으면서 난데없이 등 뒤로 팔꿈치를 휘둘렀다.

그러자 마치 부월이 바람을 가르는 듯한 소리와 함께 쩍―하는 소리가 장내에 울려 퍼졌다.

그러자 은밀하게 이신의 등 뒤로 접근하였던 웬 흑의인이 왼쪽 어깨를 감싼 채 비척거리면서 물러났다.

이신의 사정없는 팔꿈치 공격에 고스란히 당한 것이다.

그나마 천살지체 사내와 달리 순수한 타격이었기에 내부가 녹아내린다던지 하지 않았지만, 대신 왼쪽 어깨뼈가 완전 박살이 나버렸다.

용케 신음성을 흘리지 않은 게 대단하다고 할까?

"근성은 있군."

흑의인의 은밀한 움직임은 소유붕의 그것과 흡사했다.

그 말은 월음종의 경신술을 익힌 고수란 말일 터.

실제로 이신은 방금 전 일격으로 흑의인의 머리통을 빠갤 생각이었는데, 가까스로 왼쪽 어깨로 그친 것으로 봐서는 완전 맹탕은 아니었다.

"그래 봐야 우리 쪽 애가 훨씬 더 낫지만."

물론 소유봉이었다면 좀 전의 이신의 공격을 피하는 것을 넘어서, 어떤 식으로든 반격했을 것이다.

그 점을 지적하자 담천기가 뒷머리를 긁적였다.

"이거 참, 생각했던 것보다 훨씬 더 빨리 나가떨어지는데? 나름 고르고 고른 정예들이었는데 말이야. 역시 이 정도로는 원조 혈영대를 따라잡긴 어려운가?"

"뭐?"

담천기의 말에 이신이 눈살을 찌푸렸다.

혈영대라니.

그게 무슨 개헛소리냐는 표정으로 바라보자 담천기는 장난기 어린 미소와 함께 말했다.

"소개하지, 이들 모두가 신생 혈영대의 대원들이야."

'이들 전부가?'

주변을 빙 둘러싼 무인들과 이신과 직접 대적한 네 사람까지.

모두 새로운 혈영대라고?

이신이 믿기 어렵다는 눈빛으로 바라보자 담천기는 히죽 웃었다.

"나에게 친구는 오직 너 하나뿐이지만, 이래봬도 따르는 수하들은 제법 되거든. 그래서 생각했지. 이참에 사라진 혈영대를 다시 부활시키자고 말이야."

"그런 말도 안 되는 생각을 사마 총군사가 허락할 거라고 생각해?"

이신의 지적은 타당했다.

안 그래도 이신에 대한 자료를 모조리 소거할 정도로 견제하던 사마결이다.

그런 그가 제아무리 신생이라고 하지만, 자칫 잘못하면 이신에 관한 추억이나 향수를 자극할 수도 있는 혈영대의 부활을 용납할 리 만무했다.

담천기의 얼굴에서 미소가 사라졌다.

"난 새로운 천마가 될 거야. 그런 내가 어째서 한낱 세 치혀나 나불대는 놈의 눈치 따위를 살펴야 하지?"

마교는 강자존의 세상.

제아무리 사마결이 중상모략의 대가라고 하지만, 그 절대적인 전제를 무시하기란 어려웠다.

하물며 천마의 위치에 오른 마교의 절대자가 한낱 군사의 말에 휘둘리거나 눈치를 살펴야 할 이유가 뭐란 말인가?

사마결은 오직 이신만이 유일하게 자신의 생각대로 안 되는 변수라고 여기지만, 손안에 쥔 패 중 하나인 담천기는 오히려 그보다 한술 더 떴다.

그는 여차하면 총군사인 사마결을 과감하게 내칠 생각이 있음을 적나라하게 드러냈다.

그러나 이신은 좀체 이해할 수 없었다.

"왜 그렇게까지 해서 그자와 척을 지려고 하는 거냐?"

사마결은 든든한 담천기의 후원자였다.

그런 그의 전폭적인 지원이 있었기에 담천기는 유력한 차기 천마 후보로 손꼽히는 것이었다.

그런 와중에 사마결을 내친다면 득보다 실이 더 많았다.

당장 마교의 정보 조직을 운영하는 데서부터 비상이 걸릴 터.

물론 담천기가 그 정도도 모를 만큼 바보는 아니었다.

당연히 생각해 둔 바가 있었다.

"그야 사마 군사, 그치는 복수보단 교내의 안정을 더 원하니까. 애당초 나와는 가는 길이 다른 자랄까?"

확실히 사마결과 담천기는 서로 추구하는 바가 달랐다.

가는 길 자체가 다르니, 모른 척 손을 잡아봐야 시간이 지나면 지날수록 손발이 맞기는커녕 오히려 불협화음이 날 수밖에 없다.

"그러니 그런 자와 뭐 하러 손을 잡겠어? 차라리 그럴 바엔 너를 설득하는 게 더 낫지."

담천기는 히죽 웃으면서 말했다.

"거기다 그자가 하던 건 네 부하인 그 환마종 녀석에게 죄다 맡겨 버리면 그만일 테고."

하긴 단무린이라면 충분히 사마결의 빈자리를 채우고도 남았다.

당장 혼자서 무림맹의 신안각과도 대등한 정보전을 치른 그가 아닌가.

하나 이신은 고개를 내저었다.

"거절한다."

애당초 마교에 돌아올 생각 자체가 없는 이신이었다.

그렇기에 담천기의 제안에 흔들리고 자시고 할 것도 없었다.

오히려 그는 엄중한 표정으로 말했다.

"지금이라도 늦지 않았다, 천기. 흑월과의 협정을 어서 빨리 파기해. 그럼 우린 다시 친구로 지낼 수……."

"그건 안 된다."

"……!"

이신의 말을 끊고 들려온 노회한 음성.

그 출처는 다름 아닌 이신의 등 뒤였다.

무려 등 뒤를 점거당한 상황이었으나, 정작 이신은 목소리의 주인이 입을 열기 전까지 그 사실을 전혀 인지하지 못했다.

이신보다 무공이 강하거나, 아니면 과거 진백 때처럼 사술로 자신의 기척을 지운 것이리라.

하나 이신의 뇌리에서 연신 울리는 경종이 의미하는 바는 하나뿐이었다.

'강하다!'

지금껏 그가 마주한 그 어느 누구보다도!

이에 뇌가 명령하기도 전에 그의 검이 먼저 움직였다.

이윽고 세상을 양단하는 쾌속의 일검이 쏟아졌다.

심형살검식의 일초식, 섬뢰였다.

하나 정작 이신의 검이 벤 것은 빈 허공뿐이었다.

이신의 눈이 커지는 순간, 다시금 등 뒤에서 음성이 들려왔다.

"독특하구나. 섬뢰를 이런 식으로 펼치다니."

"뭣……?"

콰르르르르룽―!

이신이 뭐라 답하기도 전에 청색의 섬전이 그를 덮쳤다.

가까스로 회피하는 이신.

그가 피한 자리에 일자 모양의 검흔이 선명하게 새겨졌다.

그걸 바라보는 이신의 이마에 저도 모르게 식은땀이 묻어났다.

상대가 강한 것에 놀란 게 아니었다.

방금 전의 섬전과 같은 일검.

그것은 분명 이신이 아주 잘 아는 초식이었다.

정확히는 초식의 형만 동일하고, 그 안의 내용물은 완전히 다르다고 할 수 있었다.

아니, 오히려 저쪽이 원조라는 느낌을 지울 수 없었다.

이신은 저도 모르게 홀린 듯한 표정으로 담천기의 앞에 홀연히 선 삿갓인을 바라보면서 말했다.

"…설마 당신은?"

이신의 말에 대답하듯 그는 얼굴을 가리듯 푹 눌러쓰고 있던 삿갓을 위로 살짝 들어 올렸다.

그러자 그 아래로 세월의 풍상에 찌들대로 찌든 주름진 얼굴의 노인이 모습을 드러냈다.

분명 처음 보는 노인이었다.

한데도 이신은 좀체 그에게서 눈을 떼지 못했다.

그럴 수밖에 없었다.

노인의 얼굴은 이신이 아는 누군가가 너무나도 닮았다.

다름 아닌 이신의 양부, 이극렬과 말이다.

좀 전의 일검과 양부 이극렬과 닮은 외모.

그 두 가지가 가리키는 바는 명백했다.

그럼에도 이신은 차마 말을 잇지 못하다가 겨우 신음을 내뱉듯이 말했다.

"영호… 검주?"

그의 말에 노인은 쓸쓸한 미소를 지으며 말했다.

"한때 그리 불렸었지."

"……!"

그의 말이 끝나기 무섭게 이신의 눈이 찢어질 듯 부릅떠졌다.

우우우웅—!

그와 동시에 영호검이 구슬프게 울기 시작했다.

第八章
견부호자(犬父虎子)

'…어째서?'

이신은 차마 눈앞의 현실을 믿기 어려웠다.

전전대 영호검주 이환성.

분명 전대 가주 유인걸의 복수를 하기 위해서 가문을 나선 뒤, 그대로 종적을 감추었다는 자가 아닌가?

그저 죽었을 거라고만 들었던 그와 실제로 만났다는 사실에 기쁘기보다 당황스러운 마음이 컸다.

하필 마주쳐도 이곳 마교에서, 그것도 적으로서 마주하게 되다니.

왜 자신과 이환성이 서로를 향해서 검을 겨누고 있단 말인가?

오히려 이환성의 검이 향해야 할 곳은 이신이 아니라 유가장에 직접적으로 피해를 입힌 흑월 쪽이어야 할 터.

혼란스러운 가운데, 담천기의 음성이 들려왔다.

"당신네가 끼어들 필요는 없었을 텐데?"

살짝 기분 나쁘다는 투로 말하자, 이환성은 고개만 뒤로 돌리면서 말했다.

"이해해 주시오, 일공자. 지금껏 저 아이와 관련된 본 월의 대계치고 실패하지 않은 게 없어서 말이외다. 자고로 유비무환이라고 하질 않소."

"본 월?"

이신의 표정이 일그러졌다.

본 월이라니.

정말로 전전대 영호검주인 그가 흑월의 일원이란 말인가?

쉬이 믿을 수 없었다.

흑월이 호시탐탐 유세화를 노리는 입장이라는 걸 생각하면 더더욱 믿기 어려웠다.

거기다 전대 유가장주는 마교의 고수에게 당해서 쓰러졌다는 소문이 파다했다.

이환성이 가문을 나선 것도 그래서가 아닌가?

한데 그가 마교와 척지기는커녕, 도리어 마교의 후계자인 담천기와 편안히 이야기를 나눈다?

아무리 봐도 말의 앞뒤가 전혀 맞질 않았다.

'뭔가 이상해.'

의아한 시선을 보내자 이환성은 들어 올렸던 삿갓을 도로 푹 눌러쓰면서 말했다.

"말했잖느냐. 그리 불렸던 적도 있었다고."

'불렸던 적도?'

그 부분에서 이신은 저도 모르게 살짝 눈살을 찌푸렸다.

그 후 약간의 터울을 두고 이환성은 말했다.

"…더 정확하게 말하자면 처음부터 노부는 유가장의 사람이 아니었다고 보는 게 맞겠지."

"처음부터?"

이신의 눈이 휘둥그레졌다.

그러거나 말거나 이환성은 이어서 계속 말했다.

"노부가 유가장에 몸을 담은 것은 어디까지나 아영, 그 아이를 보호하고 감시할 목적이었으니까."

"아영?"

그건 또 누구란 말인가?

이신이 영 못 알아듣는 눈치이자 이환성은 그도 충분히 알아들을 법한 이름을 꺼내들었다.

"섭소영. 당대 유가장주의 내자이기도 했던 아이다."

'화매의 어머니?'

돌아가신 유세화의 어머니가 실은 배교 쪽 신녀의 핏줄을 이어받았다는 사실은 이신도 익히 알고 있었다.

한데 그녀를 뒤에서 몰래 감시하던 자가 있었을 줄이야.

더욱이 유가장주의 수신호위, 영호검주라는 신분으로 위장한 채로 말이다.

"아주 감쪽같이 모두를 속였군."

이신이 가시 돋친 말투로 말하자 이환성은 삿갓 아래로 쓴 웃음을 머금었다.

"본의 아니게 그리되었구나."

'본의 아니게, 라.'

뻔뻔하기 그지없었다.

처음부터 흑월의 첩자로서 유가장에 잠입한 주제에 뭐가 저리도 당당하다는 말인가?

이쯤 되자 전대 가주의 죽음 역시 의심스러웠다.

듣기로는 마교의 고수와 싸우다가 져서 비명횡사했다고 하지만 그의 죽음을 계기로 이환성이 유가장을 떠난 것을 고려하면 분명 어떤 식으로든 관련이 있을 터였다.

'정말 그렇지 않았으면 싶지만……'

양부 이극렬은 자신의 본래 신분인 영호검주에 대해서 설명하면서, 이환성에 관한 이야기도 덧붙였다.

그때 얼핏 드러난 이극렬의 존경심은 가히 두터웠다.

단순히 아들로서 아비에 대한 존경심이 아녔다.

같은 수신호위로서 모시고 있던 주군의 복수를 갚고자 자신을 희생하는 정신!

그 자체에 대한 존경심이었다.

한데 그게 사실은 그렇지 않았다고 한다면?

이신은 순간 어두워지려는 안색을 애써 숨기면서 말했다.

"유가장의 전대 가주는? 설마 그의 죽음도 당신이 꾸민 짓인가?"

"……."

그 질문에 이제까지 막힘없던 이환성의 입이 처음으로 꾹 다물어졌다.

겉으로 보기엔 별다른 동요는 안 느껴졌지만, 이신은 직감적으로 느꼈다.

자신이 아주 제대로 역린(逆鱗)을 건드렸다는 것을.

당장 송곳처럼 뾰족한 살기가 시시각각 그를 위협하는 게 그 증거였다.

살기의 주인, 이환성은 착 가라앉은 음성으로 말했다.

"놈, 뚫린 입이라고 말을 함부로 하는구나."

"사실이 아니라면 아니라고 하면 되는 거 아닌가?"

"......"

이신의 직설적인 말에 이환성은 다시금 말문을 닫았다.

바로 그때, 뒤에서 이신과 이환성의 대화를 조용히 듣고만 있던 담천기가 자못 흥미롭다는 얼굴로 말했다.

"그러고 보니 수십 년 전만 하더라도 본 교를 사칭하며 구린 일을 하던 자들이 적잖았다는 말을 사마 총군사한테 몇 번 듣긴 했지."

"......!"

순간 이신의 눈에 힘이 빡 들어갔다.

단순히 심증으로만 그쳤던 것이 이환성의 과민 반응과 맞물리면서 순식간에 확증으로 굳혀졌다.

더욱이 다른 사람도 아니고 사마결의 입에서 직접 그런 말이 나왔다고 하니 한층 더 신빙성 있게 들렸다.

남아 있는 의문은 하나뿐이었다.

왜 죽였을까?

이환성이 굳이 전대 가주를 죽여야 했던 이유가 무엇일까?

단순히 유세화의 모친을 감시하는 게 다였다면, 굳이 전대 가주의 목숨을 취할 필요까지는 없었을 텐데?

이신은 어렵잖게 그 이유를 추론할 수 있었다.

"...살인멸구."

"......!"

그의 말이 채 끝나기도 전에 이환성의 몸이 눈에 띄게 움찔하였다.

그걸 보면서 이신은 차가운 미소를 머금었다.

"역시 정체를 들켰던 게로군. 다른 사람도 아닌 전대 가주에게."

"으음!"

그것 외에는 딱히 그가 전대 가주를 죽일 만한 이유가 없었다. 그런 이신의 판단은 옳다고 인정하기라도 하듯 이환성은 침음성을 내뱉었다.

그리고 잠시의 침묵 뒤, 그는 무거운 한숨을 내쉬면서 내내 다물고 있던 입을 열었다.

"…그건 사고였다."

＊　　　　＊　　　　＊

영호검주는 가주의 수신호위. 당연히 가장 오랫동안 옆에 붙어 있는 사람 또한 가주일 수밖에 없었다.

그렇기에 정말 우연찮게 그에게 들키고 말았다.

조직인 흑월로 몰래 전서구를 보내던 광경을.

그것을 애써 숨겨둔 연인에게 보내는 연서라고 얼버무렸으나, 자신을 향한 전대 가주 유인걸의 의심 어린 시선은 끝내 사라지지 않았다.

그리고 얼마 지나지 않아 이환성은 조직이 은밀히 보내온 정보를 통해서 알게 되었다.

유인걸이 몰래 자신의 뒤를 캐고 다니기 시작했다는 사실을.

심지어 그가 내내 이환성이 전서구를 보내던 흑월의 지점 중 한 곳의 위치까지 파악했다는 것까지 알았을 때는 더 이상 가만히 손 놓고 있을 수 없었다.

그의 앞에는 단 하나의 선택지밖에 남아 있지 않았다.

위치가 알려진 흑월의 지점을 즉각 폐쇄하고, 동시에 모든 증거를 남김없이 인멸한다. 그것도 자신의 손으로 직접 하는 게 조직의 원칙이었다.

실수를 스스로 만회하고 반성하라는 의미였다.

그리고 그날의 일이 벌어졌다.

남몰래 흑월의 지점을 찾아가서 자신의 눈으로 이환성과 그들의 관계를 파악하려던 유인걸은 미리 매복하고 있던 이환성의 치명적인 기습에 당하고 말았다.

장기인 유하검법을 제대로 펼치지도 못한, 그야말로 허망한 최후였다.

그 유해를 손수 수습하여 유가장으로 보낸 뒤, 이환성은 고민에 빠졌다.

이대로 계속 유가장에 남아 있어 봐야 또다시 비슷한 일이 생기지 말란 법은 없었다.

거기다 이미 그의 감시 대상이었던 유세화의 어머니, 섭 부인도 진즉에 지병으로 세상을 뜬 상황.

더 이상 그가 영호검주라는 자리에 연연할 이유가 없었다.

하나 영호검주란 것이 당장 그가 그만두고 싶다고 해서 무작정 관둘 수 있을 만큼 녹록한 자리도 아니었다.

명분이 필요했다.

갑자기 사라져도 남들이 이상하게 여기지 않을 만한 명분이 말이다.

그리고 때마침 그럴싸한 명분이 그에게 주어졌다.

다름 아닌 죽은 전대 가주 유인걸의 복수라는 명분 말이다.

＊　　　　＊　　　　＊

"그리고 그 다음은 네가 알고 있는 대로다."

이환성은 덤덤하게 말을 마무리 지었다.

그런 그의 말에 이신이 아닌 담천기가 대뜸 조소를 머금었다.

"핑계 한번 좋군."

본의 아니게 정체가 드러났다.

그렇기에 주군으로 모시던 자를 어쩔 수 없이 죽일 수밖에 없었다.

그걸 한낱 사고라고 얼버무리는 것부터가 말도 안 되는 소리였다.

물론 담천기는 처음에만 잠시 빈정거리기만 할 뿐, 그 후로는 더는 뭐라고 하지 않았다.

유가장 관계자가 아니기도 하거니와, 굳이 동맹 상대의 심기를 건드릴 필요는 없었으니까.

하나 반대로 이신의 입장에서는 전혀 그럴 필요가 없었다.

어두운 그늘 아래 무표정한 얼굴로 이신은 말했다.

"…하나만 묻겠소. 왜 다시 나타난 것이오?"

그렇게 뻔뻔하게 사라진 주제에 무슨 염치로 다시 나타났냐는 이신의 물음에 이환성은 주저 없이 답했다.

"다시 지켜야 할 존재가 나타났으니까."

이신의 눈이 일순 가늘어졌다.

지켜야 할 존재.

그게 다름 아닌 새로운 신녀, 유세화를 가리키는 말이라는 건 바보가 아니라면 누구라도 쉬이 알 수 있는 사실이었다.

신녀의 혈통을 감시하는 게 본래 그의 임무였다고 하니 납득할 수 있었다.

그러나 그럼에도 한 가지 납득되지 않는 점이 있었다.

"왜 아버지는 데려가지 않은 것이오?"

죽기 직전까지 영호검주에 대한 것을 숨긴 이극렬이었으나,

간혹 가다 자신의 친부에 관한 이야기를 할 때면 그리움에 젖어들곤 하였다.

그랬을 정도로 아버지인 이환성을 그리워한 이극렬이거늘.

어찌 자식인 그를 쏙 내버려 두고 갈 수 있단 말인가?

이환성은 말했다.

"그 아이는 어디까지나 유가장을 속이기 위해서 얻은 것에 불과했다."

즉 부자지간의 정은커녕 언제라도 버릴 수 있는 도구 정도로 여겼다는 소리다.

그 말에 이신의 눈빛이 일순 싸늘하게 가라앉았다.

그는 아까 전보다 한층 가라앉은 음성으로 말했다.

"그렇다면 심형살검식의 구결은 왜 돌려주지 않은 거요?"

그건 이환성 개인의 것이 아닌 엄연히 유가장의 것이었다.

그것도 무려 누대를 걸쳐서 완성된 피땀 어린 노력의 산물이었다.

영호검을 돌려줬다면, 마땅히 심형살검식의 구결도 돌려줘야 맞지 않은가?

특히 어떻게든 절전된 심형살검식을 복원하고자 일평생을 바치다시피 했던 전대 영호검주, 양부 이극렬의 희생을 생각하면 도저히 안 묻고 넘어갈 수 없었다.

이신의 물음에 이환성은 대수롭지 않다는 듯 말했다.

"자고로 분에 안 맞는 보물은 화를 부르는 법 아니겠느냐?"

심형살검식은 누가 봐도 뛰어난 절세검학이었다.

어떻게 유가장 따위에 이런 절학이 숨겨져 있었던 것이 의아할 지경이었다.

"오히려 노부한테 감사하도록 해라. 내 덕분에 유가장이 그런 위기를 맞지 않은 것을."

'저런 미친……!'

뻔뻔하기 그지없는 이환성의 말에 그와 동맹 관계임에도 불구하고 담천기는 속에서 절로 구역질이 일어나는 것을 느꼈다.

단순한 야심이나 정복욕이 아니라 죽은 여동생의 복수를 위해서 전쟁을 일으키려는 그가 아니던가?

감정적으로 도저히 이환성의 편을 들 수 없었다.

하지만 현실적으로는 그를 도와서 이신을 제압하지 않으면 안 되었다.

그렇게 담천기가 복잡한 심경에 빠져 있을 때였다.

"지랄하고 자빠졌네."

"뭣? 이놈이……!"

뜻밖의 욕설에 이환성의 주름진 이마가 구겨졌다.

비록 피는 이어지지 않았지만 가계도로 따지자면 이신은 자신의 아들 이극렬의 양아들, 즉 손자였다.

어찌 양조부에게 저런 말을 할 수 있단 말인가?

그에 관해서 막 꾸짖으려는 찰나였다.

서걱—!

난데없이 장내에 울려 퍼지는 절삭음.

동시에 반으로 갈라진 삿갓이 바닥에 떨어지면서, 봉두난발이 된 이환성의 모습이 드러났다.

삿갓뿐만 아니라 반백의 장발을 고정하고 있던 머리띠마저 잘려져 나간 것이다.

더욱 놀라운 것은 그럼에도 피륙은커녕 터럭 하나 상하지 않다는 사실이었다.

그것이 얼마나 어려운 것인지 알기에 이환성뿐만 아니라 장내의 모든 이가 쉬이 말을 잇지 못했다.

정작 그토록 놀라운 한 수를 선보인 장본인, 이신은 실로 무덤덤한 표정으로 혼잣말처럼 중얼거렸다.

"하나는 알겠어. 우리 아버지는 실로 훌륭한 분이셨지만……"

한 차례 뜸을 들인 뒤 이어서 말했다.

"네놈은 한낱 개만도 못하다는 걸."

우우우우우웅—!

이신의 말이 끝나기 무섭게 수중의 영호검이 수백의 벌 떼가 일시에 날갯짓하는 듯한 검명음을 토해내기 시작했다.

처음 이환성과 마주했을 때 토해냈던 구슬픈 검명음과는 달랐다.

이번의 검명음에서는 명백하게 적의가 묻어났다.

그리고.

끼릭— 끼릭— 끼리릭—!

이신의 내부에서 톱니바퀴가 서로 맞물리는 것과 같은 회전음이 맹렬하게 울려 퍼지기 시작했다.

순식간에 장내를 가득 채워 버리는 백광!

마치 또 하나의 태양이 떠오른 듯한 착각마저 들 정도로 눈부신 백광을 마주하는 순간, 이환성의 눈이 부릅떠졌다.

이신이 배화륜을 통해서 무려 일곱 배로 배가시킨 내력의 방대함에 놀란 게 아니었다.

'정말로 복원한 건가?'

그동안 이신의 활약상을 전해 들으면서 설마 하긴 했다.

그러나 직접 눈으로 보고는 단번에 확신하게 되었다.

'본 교의 호교절학, 배화신공을!'

이신의 전대 염화종주, 종리찬이 배화신공을 복원하려고 애쓴다는 건 익히 들어서 잘 알고 있었다.

하나 불가능한 일이라고 여겼다.

배화신공을 안정화시키기 위한 필수 불가결적인 요소가 마교에 존재하지 않다는 걸 누구보다도 잘 알고 있었기 때문이다.

여하간 종리찬은 자신의 생에 있어서 불가능한 꿈에 매달리느라 정작 염마종 내부의 일은 소홀한 걸 넘어서 완전히 방치했다.

그렇기에 뒤에서는 그를 공공연하게 염마우공(炎魔愚公), 줄여서 우공이라고 부르면서 비아냥댔다.

한데 정작 그런 그의 제자인 이신이 불가능한 줄로만 알았던 꿈을 실현시키다니.

한낱 배신자 집단으로 여겼던 염화종의 후예치고는 실로 눈부신 성과가 아닐 수 없었다.

뿐만 아니라 그는 자신의 아들, 이극렬이 끝내 복원하지 못한 반쪽짜리 심형살검식을 나름 자신의 방식대로 재해석해서 새로운 검법으로 탈바꿈시키기까지 했다.

그 증거로 방금 전의 일검은 원조 심형살검식의 초식과 비교 해봐도 절대 뒤처지지 않았다.

배화신공과 심형살검식.

두 가지의 절전된 절학을 복원하여 한 몸에 익히고 있는 이신이란 존재는 그야말로 기적의 총집합이라 해도 과언이 아니었다.

'견부호자가 따로 없군.'

새삼 그가 얼마나 대단한 기재인지 실감할 수 있었다.

물론 이신이 두 절학을 일신에 익힐 수 있었던 데에는 그 뒤에 종리찬 등의 피땀 어린 노력과 지원이 있었기에 가능했다는 건 전혀 고려하지 않은 생각이었다.

'역시 안 되겠어.'

담천기를 도와서 흑월과의 동맹을 유지토록 한다.

겉으로 내세운 명분은 그것이지만 사실 이환성의 진짜 목적은 따로 있었다.

하나는 이신을 따라서 무한을 떠나 현재 마가촌에서 머물고 있는 유세화의 신병을 확보하는 것.

그리고 또 하나는 바로……

"노부와 함께 본 월로 가줘야겠구나, 아이야."

배화신공을 완성했을 거라 추측되던 당대의 염화종주, 이신을 데려가는 것이다.

"뭣?"

이신이 아닌 전혀 엉뚱한 이가 그의 외침에 반응했다.

담천기였다.

'지금 이 늙은이가 뭐라고 한 거지?'

누굴 어디로 데려가?

이신에게 불의의 일검을 당하고 나더니 그새 머리가 어떻게 되기라도 한 거란 말인가?

담천기의 준수한 얼굴이 흉악하게 일그러졌다.

"감히 누구 마음대로!"

외침과 함께 일순 담천기의 몸에서 검은 안개와 같은 마기가 용솟음치기 시작했다.

이윽고 마기의 안개는 매서운 태풍으로 화해서 이환성을 덮쳤다.

콰과과광!

하나 마기의 태풍이 지나간 자리에 정작 이환성의 모습은 보이지 않았다.

담천기의 마기가 채 태풍으로 화하기도 전에 그의 몸은 이미 앞으로 쇄도하고 있었기 때문이다.

그것도 모자라서 그는 이신을 향해서 수중의 장검을 휘둘렀다.

물론 그걸 가만히 보고만 있을 이신이 아니었다.

카캉! 캉캉캉!

순식간에 충돌한 두 사람의 검은 맞붙었다가 떨어지길 수도 없이 반복했다.

육안으로는 따라잡을 수 없을 만큼의 고속 이동과 검격이 난무했다.

중인들은 섣불리 둘 사이에 끼어들 수 없었다.

두 사람의 검이 충돌할 때마다 발생하는 후폭풍과 그 속에 섞인 예리한 경력의 파도가 주변의 접근을 원천적으로 봉쇄한 것이다.

심지어 담천기마저 두 사람의 싸움에 쉽사리 끼어들지 못할 정도였다.

그러나 이신이고 이환성이고 간에 거기에 별반 의미를 두지 않았다.

두 사람이 집중하는 것은 오직 하나.

눈앞에 있는 상대, 정확히는 각자가 구사하는 초식의 빈틈이었다.

쾅!

그때, 적마전의 천장이 와르르 무너져 내렸다.

두 사람의 충돌로 인한 후폭풍에 천장을 떠받치던 기둥 하나가 완전히 작살이 나버렸기 때문이다.

"으아아아악—!"

누군가의 비명을 기점으로 중인들은 천장의 잔해를 피하고자 황급히 몸을 사방으로 날렸다.

하나 담천기는 거슬린다는 듯 가볍게 진각을 밟았다.

그러자 바닥에 깔려져 있던 목재들이 우르르 일어나면서 천장의 잔해들을 되레 밀어버렸다.

놀라운 광경 앞에 모두 경이롭고 존경스럽다는 시선으로 담천기를 바라봤지만 정작 담천기의 표정은 썩 밝지 않았다.

"으음!"

방 한가운데서 싸우던 이신과 이환성.

두 사람의 모습이 보이지 않았다.

좌우를 살피던 담천기의 시선이 이윽고 무너진 천장 틈새로 향했다.

그러자 허공에서 검을 부딪치는 두 사람의 모습이 보였다.

마치 지면처럼 움직이는 것처럼 자연스러운 움직임!

그 놀라운 경신술에 경탄할 새도 없이 한번 맞붙었다가 떨어진 두 사람의 신형이 적마전 바깥으로 향했다.

싸움의 장소를 옮긴 것이다.

사라지는 두 사람의 신형을 멍하니 바라보는 것도 잠시, 곧 담천기의 외침이 장내를 쩌렁쩌렁 울렸다.

"어서 쫓아라!"

"추, 충!"

뒤늦게 정신을 차린 신생 혈영대가 서둘러 사라진 두 사람의 뒤를 쫓아서 내달리기 시작했다.

  *   *   *

'믿을 수 없군.'

빠른 속도로 전각군의 지붕과 지붕을 내달리면서 이환성은 내심 혀를 내둘렀다.

분명 기존의 심형살검식과 다름에도 이신의 심형살검식에

서는 일체의 허술함도 느낄 수 없었다.

그렇다고 해서 마구잡이로 억지로 초식을 짜 맞추었다는 느낌 따윈 요만큼도 들지 않았다.

도리어 어떤 부분에선 본래의 것보다 검법의 이름에 어울리게 진화되었다는 느낌마저 들 정도였다.

때문에 기존에 이환성이 알고 있던 심형살검식의 초식들을 기준에 놓고 그를 상대하는 우를 범하는 건 절대로 금물이었다.

그런 추태는 아까 전 이신의 일검에 의해서 삿갓과 머리띠를 베인 것만으로도 충분했다.

하나 어떻게든 반격의 실마리를 잡아보려고 한들, 지금의 교착 상태를 벗어나기란 그리 쉽지 않았다.

'빈틈이 보이지 않아.'

가끔 가다 보이는 빈틈들은 죄다 역으로 이쪽이 당하고 마는 교묘한 함정뿐.

단순히 초식만 구사하는 경지를 넘어서 상대를 자신에게 유리한 흐름 속으로 끌어들이려는 능숙함마저 엿보였다.

고작 이립을 넘긴 그의 나이를 생각하면 실로 놀라운 일이 아닐 수 없었다.

동시에 그것은 지금껏 이신이 헤쳐 나온 수라장과 난전이 헤아릴 수 없을 만큼 많다는 증거이기도 했다.

보통이라면 감히 대적할 엄두조차 나지 않을 터이나, 이환성은 달랐다.

그는 씨익 웃으면서 때마침 눈에 보이는 공터에서 멈춰 섰다.

두 사람은 어느덧 마교 내원을 지나서 천산의 가파른 산맥 어귀까지 당도한 것이다.

뒤이어서 맞은편에 착지한 이신을 바라보면서 그는 말했다.

"놀랍구나. 한낱 배신자인 줄로만 알았던 염화종에서 이 정도의 고수가 나오다니. 가히 견부호자로다."

은연중에 염화종을 비하하는 그의 말에 이신은 싸늘한 표정으로 말했다.

"호부호자겠지. 당신이야말로 견부호자 아닌가?"

도발적인 이신의 말에도 이환성은 여유롭게 웃으면서 말했다.

"아이야, 노부의 진짜 신분이 궁금하지 않느냐?"

"별로."

이신은 한 치의 망설임 없이 그리 말했다.

이제 와서 이환성의 정체 따위가 뭐 그리 중요하겠는가.

중요한 것은 그가 유가장의 배신자라는 사실뿐, 그 이상도 이하도 아니었다.

이신의 대답에도 불구하고 이환성은 실로 자랑스럽다는 얼굴로 말했다.

"노부는 배교의 호법사자, 말하자면 유일무이한 신녀의 수

호자니라."

"그래서?"

이신은 전혀 흥미 없다는 듯 반문했다.

그러거나 말거나 이환성은 제 할 말만 계속했다.

"기뻐해라. 노부는 너를 본 교의 새로운 호법사자로 정했느니라. 하니 노부와 함께 본 월로 돌아가자."

그리 된다면 혈승을 필두로 한 혈교 세력에게 밀렸던 배교의 세력이 단숨에 그들을 치고 올라갈 터.

애써 욕망을 숨기면서 말했다.

"자 그럼, 몸풀기는 이쯤에서 끝내자꾸나."

"몸풀기?"

이게 무슨 귀신 씻나락 까먹는 소리인가.

지금까지의 일전에서 그 흔한 검기나 초절정의 산물인 강기가 사용된 적은 없었으나, 결코 그에 못지않은 파격적인 공세를 이어나간 두 사람이다.

그걸 한낱 몸풀기로 치부한다는 것이 의미하는 바는 하나뿐이었다.

"이제부터가 진짜이니라."

이환성의 손에 들린 장검이 돌연 눈부신 섬광을 토해내기 시작했다.

그 순간, 이환성의 모습이 장검 뒤에 가려졌다.

이신의 눈에는 오로지 그의 장검만 크게 확대되어서 보일 뿐이었다.

이것이 무슨 현상인지 이신은 잘 알았다.

'신검합일(身劍合一)!'

육체와 검이 하나가 되는 경지이자 심상지경에 들기 전에 반드시 거쳐 가는 관문 중 하나이기도 했다.

물론 이환성이 고작 신검합일 따위나 펼쳐서 상황을 역전시키려고 한다고는 여기지 않았다.

무엇보다 아까 전까지의 접전으로 이신의 실력이 어느 정도인지는 대충은 가늠하고 있을 터.

고로 신검합일은 그저 시작일 뿐, 진짜 노림수는 따로 있다.

그런 이신의 판단은 정확했다.

스스스스―

순간 여러 개로 겹쳐 보이기 시작하더니, 이환성의 검이 어느덧 둘로 나뉘었다.

아니, 하나의 검에서 또 하나의 검이 분열되듯 튀어나왔다는 게 정확한 표현이었다.

빛과 그림자.

마치 그렇게 대비되듯 나란히 서 있는 두 자루의 장검 뒤로 이환성이 보였다.

그 역시 둘로 나뉘어져 있었다.

동영의 자객들이 사용하는 분신술 따위의 허접한 눈속임 따위가 아니었다.

둘로 나뉜 이환성은 모두 진짜였다.

또한 진짜가 아니기도 했다.

왜냐하면 둘 다 이환성의 근본으로부터 비롯된 것이기 때문이다.

"원영신(元嬰身)?"

흔히 도가에서 말하는 양신(陽神)의 개념을 막대한 내력과 심상경의 힘으로 구현화한 또 하나의 분신이자 영적인 육체.

그것이 바로 원영신이었다.

하나 어디까지나 전설로만 내려질 뿐, 실제로 보는 것은 이신도 이번이 처음이었다.

그렇다 보니 저도 모르게 내뱉은 이신의 말에 두 명의 이환성의 입꼬리가 동시에 비릿하게 올라갔다.

"비슷하지만―"

"―엄연히 다른 것이니라."

두 사람의 이환성이 서로의 말을 이어받듯이 말하는 괴이한 광경 앞에 이신은 저도 모르게 눈살을 찌푸렸다.

동시에 그는 전신의 근육이 이제까지와는 비교조차 할 수 없을 정도로 긴장하는 것을 느꼈다.

눈앞의 상대는 위험하다.

그 사실을 주인보다 몸이 먼저 인지한 것이다.

'당연히 위험하겠지.'

누가 봐도 이환성이 펼친 원영신은 비장의 한 수였다.

당장 이환성 혼자를 상대하는 것도 쉽지 않았는데, 두 명을 동시에 상내하게 생긴 꼴이 아닌가.

거기다 이 상황에서 느닷없이 원영신을 펼쳤다는 것은 필시 하나가 아닌 두 개의 육신이기에 가능한 절초를 펼치기 위함일 터.

뭣보다 권마 원웅패 때와 달리 이환성의 심상이 무엇으로부터 비롯된 것인지 도통 감이 잡히지 않는다는 게 문제였다.

단순히 눈에 보이는 그대로만 받아들이는 건 위험했다.

이는 원웅패와 달리 이환성의 심상경이 비교적 완숙의 경지에 이르렀다는 것을 은연중에 시사하고 있었다.

처음에 느낀 대로 이환성이 요 근래 마주친 가장 무서운 난적이라는 것을 새삼 실감했다.

'뭐가 나올지 모르지만 그렇다고 가만히 손을 놓을 수는 없지.'

순간 이신의 두 눈이 백광으로 물들었고, 그와 동시에 좌측의 이환성이 소리 없이 사라졌다.

그가 나타난 것은 이신의 후방.

하나 거기에 대응할 새도 없이 정면에서 우측의 이환성이 짓쳐들어왔다.

어느 쪽이 눈속임이고 진짜 공격인지 헷갈리는 상황!

그 찰나의 망설임을 이환성은 놓치지 않았다.

"이것이—!"

"—진짜 섬뢰다!"

두 명의 이환성이 동시에 소리치면서 검을 휘둘렀다.

일순 피어오르는 두 개의 섬광!

공간마저 베어버릴 것 같은 그 공격 앞에서 이신은 이를 악물면서 영호검을 아래로 내리 그었다.

후우우웅—!

이제까지 이신이 펼친 검초와 달리 너무나도 느린 검초.

하지만 무거웠다.

태산처럼 무거운 그 검격은 이내 무형의 압력을 만들었고, 그대로 주변의 공간을 압살하기 시작했다.

심형살검식의 제사초식, 불망(不忘)이었다.

이제까지 이신이 보여 왔던 여타 심형살검식의 초식들과 달리 불망은 철저하게 중검의 이치를 추구하는 초식이었다.

당연히 이환성이 기껏 펼친 섬뢰의 중첩도 그대로 무형의 압력에 짓눌리나 싶을 때였다.

"검은—"

정면의 이환성이 불쑥 입을 열었다.

그리고 후방의 이환성이 뒤를 이어서 말했다.

"─빛보다 빠르니라."

서걱─!

가슴팍이 화끈거리는 것과 함께 이신의 시야가 붉게 물든 것도 그때였다.

第九章
첩첩산중(疊疊山中)

"주군, 이쪽입니다!"

일단의 무리가 주변을 샅샅이 뒤지고 있었다.

개중 가장 선두에 서 있던 장대한 체구의 근육질 사내, 대대로 천마불사강기에 대해서 연구하던 혈족의 후손인 우문창이 소리쳤다.

이에 저 멀리서 유유히 산보라도 하듯 걸어오던 담천기가 단숨에 공간을 격하고 그의 앞에 당도했다.

마치 중간의 이동 과정은 아예 생략한 듯한 놀라운 경신술!

이에 순간 우문창은 움찔하였지만 곧 언제 그랬냐는 듯 정중하게 부복하면서 말했다.

"놈들은 아무래도 본 교의 구역을 넘어 인근의 산맥으로까지 이동한 것 같습니다."

"쯧, 참 빨리도 움직였군."

담천기가 혀를 내차면서 중얼거렸다.

하나뿐이 주군의 신기가 불편해 보이사 우분창을 비롯한 신생 혈영대 모두가 자신들의 잘못인 양 어쩔 줄 몰라 하였다.

그들을 보면서 담천기는 또 한 번 혀를 찼다.

기존에 알려진 마교의 고수들은 저마다 소속된 세력이 확고했다.

그렇기에 담천기는 기존의 고수들이 아닌 아직까지 두각을 드러나지 않은 인재들을 수하로 삼는 데 집중했다.

실제로 신생 혈영대의 면면은 마교에서 아직 어린 후기지수들을 훈련시키는 백마관(百魔館)에서 뽑은 자가 대다수였다.

무공?

그거야 담천기가 자신의 신분으로 문제가 되지 않는 한도에서 비급이나 영약 등을 제공할 수 있으니 크게 상관없었다.

중요한 건 어디까지나 개인의 자질과 자신에 대한 충성심이었다.

그렇게 고르고 고른 자들이건만, 정작 담천기의 눈에는 영 마뜩찮아 보였다.

신생 혈영대의 조장 후보로 점찍어둔 천살지체의 우문창과 소수마공의 진전을 이은 윤여옥, 그리고 천음살제의 후인 금사진 등도 부족해 보이긴 마찬가지였다.

기존 혈영대의 조장들도 그들 못지않게 저마다 익힌 무공이나 성격적으로 개성이 뚜렷하였지만, 그럼에도 불구하고 언제나 한마음 한뜻으로 움직였다.

그건 바로 그들을 하나로 묶을 수 있는 구심점, 혈영대주 이신의 존재 때문이었다.

안타깝게도 신생 혈영대에 부족한 것도 바로 그 구심점 역할을 맡을 만한 자가 없다는 사실이었다.

만약 구심점이 될 만큼의 권위와 지도력을 가진 자가 있었다면?

조금 전, 적마전에서 이신을 상대하면서 보다 우위를 차지했을 것이다.

제아무리 이신이 입신경급의 고수라고 한다지만, 수적 열세에서 완전히 자유로울 수 없는 법이니까.

한데 그러한 이점을 제대로 살려서 활용하기는커녕, 저마다 따로따로 행동하였기에 결국 그를 놓치고 만 것이었다.

조직력의 부족.

그것이 현재 신생 혈영대가 반쪽자리 단체라는 한계에서 벗어나지 못하는 결정적인 이유였다.

'역시 이신이 필요해.'

문제는 그를 원하는 게 순전히 담천기 혼자만이 아니라는 사실이었다.

실제로 흑월에서도 이신을 원하는 자가 나타났지 않은가.

기실 그의 심기가 불편한 것도 그 때문이었다.

'누구도 내 허락 없이는 이신을 데려갈 수 없다!'

설령 그것이 흑월과의 동맹 관계에 악영향을 미친다고 할지라도, 담천기는 결코 이신을 포기하지 않을 것이다.

그리 생각하고 있을 때였다.

"멈추십시오, 일공자."

갑자기 들려온 음성, 하나 담천기는 놀라기는커녕 도리어 짜증이 난다는 표정으로 중얼거렸다.

"묵룡대?"

사마결 휘하의 직속 타격대.

그들이 어느 틈엔가 담천기와 신생 혈영대의 주위를 에워싸고 있었다.

처음 담천기에게 말을 건 삼십 대 장한, 묵룡대주 임사군이 말했다.

"이 이상 본 교의 영역을 벗어나셔서는 안 됩니다. 돌아가십시오."

"돌아가라? 설마 지금 나에게 하는 말이냐?"

담천기는 어처구니가 없다는 표정으로 반문했다.

그럼에도 임사군은 여전히 무덤덤한 얼굴로 말했다.

"일공자께서는 벌써 잊으신 겁니까? 지난 정마대전을 중단하면서 각 단체의 수장들 간에 은밀히 맺었던 그 조약을……."

각 문파의 외부 활동은 인정하되, 대신 수장과 그에 해당하는 중진들은 어디까지나 자신의 영역에서만 활동하는 것으로 제한한다.

그 기간은 정확하게 십 년!

소위 십년맹약(十年盟約)을 들먹이는 임사군의 모습에 담천기의 얼굴이 살짝 일그러졌다.

'사마 총군사, 이 작자가……!'

실상 십년맹약은 유명무실한 조약이었다.

들키면 큰일 나지만 비공식적으로 움직이면 그만이었으니까.

그저 각 문파의 대외적인 움직임에 족쇄를 채운다는 정도에서 그칠 뿐이다.

그럼에도 그 유명무실한 조약을 들먹이면서까지 자신을 막다니.

이것은 사마결이 자신에게 간접적으로 경고하는 것이었다.

더는 멋대로 움직이지 말라고.

조용히 거처에서 대기하고 있으라고 말이다.

아직 천마의 자리를 확실히 이어받지 않은 담천기의 입장으로선 쉬이 무시하기 어려운 경고였다.

사마결의 전폭적인 지지 없이 천마의 자리에 오르기란 현실적으로 불가능했으니까.

"돌아가십시오."

재차 이어지는 임사군의 권고에 담천기는 소리 없이 이를 악물었다.

그러고는 이신과 이환성이 사라졌다는 방향을 바라봤다.

못내 아쉬움을 떨치지 못하는 그의 눈이 천천히 노을빛으로 물들어갔다.

*   *   *

뚝— 뚝—

바닥에 방울져 떨어지는 핏물.

그 소리에 가까스로 정신을 차린 이신은 내심 혼란스러웠다.

'살아… 있는 건가?'

저도 모르게 그리 생각할 정도로 이신의 몸 상태는 최악이었다.

이환성이 펼친 심상경의 절초에 그야말로 보기 좋게 당하고 말았다.

지금 이렇게 목숨이 붙어 있는 것 자체가 신기할 지경이었다.

그리 생각하면서 무심코 가슴팍을 매만지는데, 일순 이신의 표정이 의아함에 물들었다.

'상처가… 깊지 않아?'

심검에 의해서 정신을 공격당해 의식을 잃고 내력의 흐름도 군데군데 끊어졌지만 외상은 생각보다 심각하지 않았다.

피는 많이 튀었지만 정작 검상 자체는 피육을 베는 데서 그쳤다.

초식의 위력을 생각하면 몸이 두 동강 나도 이상하지 않았는데 말이다.

거기다 시야를 붉게 물들이는 핏물.

이것 역시 이신 자신의 피가 아니라는 것을 뒤늦게 깨달았다.

'뭐가 어찌 된…….'

숙이고 있던 고개를 무심코 들어 올릴 때였다.

"어……?"

이신은 저도 모르게 멍한 표정을 지었다.

익숙한 등.

무인보다 문사가 더 어울리는 체격의 청년이 서 있었다.

"무린?"

청년의 이름을 부르자 그가 고개를 뒤로 돌렸다.

"정신이 드셨군요, 형님."

"네가 왜……?"

"시간이 없습니다. 제가 저자를 붙잡아 둘 수 있는 것도 이제 한계입니다."

"저자?"

청년, 단무린의 두서없는 말에 의아해하던 이신은 곧 깨달았다.

단무린의 오른쪽 팔이 소매째로 사라졌다는 것을.

그 참혹한 단면을 보는 순간, 멍했던 이신의 정신이 번쩍 들었다.

"무린, 너……!"

"시간이 없습니다."

아까 전에 했던 말을 똑같이 반복하면서 단무린은 고개를 다시 제자리로 돌렸다.

그러고는 아직 멀쩡한 왼팔을 세차게 휘저었다.

아르르르르르르—!

그러자 그의 발아래에 있던 그림자가 파도처럼 일어나더니 금세 거대한 늑대로 변하면서 아가리를 벌렸다.

서걱—!

물론 채 벌렸던 턱을 다물기도 전에 한 줄기 검광에 일도양단되고 말았지만 말이다.

먼지가 되어서 흩어지는 늑대의 잔해 사이로 이환성의 모습이 보였다.

딱히 이렇다 할 부상은 찾아 볼 수 없었지만 대신 약간 지쳐 보이는 기색의 몰골이었다.

무려 원영신까지 이용한 심상경의 절초를 펼친 대가였다.

거기다 그는 고령의 나이 때문에라도 전성기 때에 비해서 체력이 많이 떨어질 수밖에 없었다.

들고 있는 검이 아주 미비하게 흔들리는 게 그 증거였다.

또한 그것은 지금까지 단무린이 입신경급 고수인 그를 상대로 잠시나마 버틸 수 있었던 이유이기도 했다.

하지만 그것도 이제 한계였다.

원래도 하얀 편이었던 단무린의 얼굴은 이제 완전히 핏기를 찾아볼 수 없을 만큼 창백해진 상태였다.

언제 쓰러져도 이상하지 않을 상황.

오른팔이 잘린 상태에서 제대로 된 지혈조차 하지 않고 과도하게 진야환마공을 운용했으니 당연하다면 당연한 결과이리라.

보다 못한 이신이 서둘러 그를 부축하려고 했지만 단무린이 단호하게 손길을 거부하면서 말했다.

"지금 형님의 상태로는 둘이 힘을 합쳐도 저자를 이길 수 없습니다. 괜히 죽도 밥도 안 될 바에는 차라리 어서 여길 빠져나가십시오, 형님."

"뭐라고?"

이신이 저도 모르게 눈살을 찌푸렸다.

적을 앞에 두고 도망친다는 건 무인으로서 수치였다.

그러자 그런 이신의 마음을 훤히 꿰뚫어본 듯 단무린이 말했다.

"유 소저를 생각하십시오."

"……!"

순간 이신의 말문이 막혔다.

마가촌에서 자신들을 기다리고 있는 유세화.

그녀의 신변이 위험할 수 있다.

그러니 한시라도 빨리 여기서 빠져나가야 한다.

고작 한마디밖에 안 되는 단무린의 말 속에 그런 깊은 뜻이 숨겨져 있었다.

유세화의 안위.

그것은 이신으로서도 쉬이 무시할 수 없었다.

어떤 의미에선 자신의 목숨보다도 그녀를 더 소중하다고 여기는 그였으니.

"저는 어떻게든 혼자서 빠져나갈 수 있습니다. 그러니 어서……!"

단무린의 음성이 점점 급박해졌다.

이렇게 말하는 와중에도 연신 환술을 펼치고 있었지만 정작 이환성을 상대하기에는 역부족이었다.

입신경급 고수들은 어지간한 환술에는 꿈쩍도 하지 않을뿐더러 환영 속의 허실을 파악하는 데에도 아주 도가 텄기 때문이다.

설상가상 이환성이 품 안에서 갑자기 웬 호각을 꺼내 드는 게 보였다.

'설마?'

삐이이이익―!

이내 장내에 울려 퍼지는 호각 소리.

단무린과 이신의 표정이 동시에 굳어졌다.

뭣 때문에 이환성이 호각을 불었는지 모를 만큼 두 사람은 아둔하지 않았다.

과연 이환성은 지친 가운데서도 득의 어린 미소를 머금었다.

"곧 이 주변에 천라지망이 펼쳐질 것이다."

이신이나 단무린이 정상적인 몸이라면 그런 포위망쯤이야 손쉽게 돌파할 테지만 지금 그들의 상태로는 계란으로 바위 깨는 격이었다.

"괜히 힘 빼지 말고, 노부와 함께 본 월로 가자꾸나."

의기양양한 그의 말에 이신은 묵묵히 수중의 영호검을 고쳐 잡았다.

이환성의 말마따나 도주는 거의 희박했다.

'차라리 그럴 바엔…….'

이신의 얼굴에 비장한 결의가 어릴 때였다.

덥석—!

뭔가가 등 뒤에서 이신을 껴안았다.

화들짝 놀라면서 돌아보자 그곳에는 무표정한 얼굴의 미소녀가 서 있었다.

"넌……?"

눈에 익었다.

막 이신이 뭐라고 하려는데, 그전에 미소녀가 그를 옆구리에다 낀 채로 냅다 내달리기 시작했다.

그걸 본 이환성의 외침이 장내에 울려 퍼졌다.

"설마 환혼빙인……!"

굳어버린 그의 얼굴에서는 지금까지의 여유는 찾아볼 수 없었다.

그런 그를 비웃듯이 단무린의 입꼬리가 올라갔다.

"진짜 비장의 패는 끝까지 숨겨두는 법이지."

"놈……!"

분노를 터뜨리면서 이환성이 서둘러 지면을 박찼다.

그와 동시에 단무린은 왼쪽 소매를 휘저었고, 발아래의 그림자가 요동쳤다.

몰려오는 그림자를 보면서 이환성이 콧방귀를 꼈다.

"또 시답잖은 환술 따위로……!"

그걸 무시하고 돌진하려는 찰나, 이환성의 시야가 급격히 어두워졌다.

동시에 방향감각에 혼란이 찾아왔다.

'이, 이건 환술이 아니다!'

눈속임을 넘어서 몸의 감각마저 혼란을 주다니.

환술만으로는 절대 이런 짓을 할 수 없었다.

주변을 두리번거리던 이환성은 금세 지금의 현상이 무엇으로부터 비롯된 것인지 깨달았다.

"진법!"

[알았으면 조금만 더 나와 어울려 달라고.]

어디선가 들려오는 단무린의 음성에 호응하듯 대기가 무겁게 진동하기 시작했다.

본격적인 진법의 발동이었다.

이신을 옆구리에 끼고 내달리면서 환혼빙인은 생각했다.

아니, 정확히는 좀 전에 그녀에게 전해진 단무린의 마지막 사념을 곰곰이 되새긴다는 게 맞았다.

―어떻게든 형님을 안전한 장소로.

그것이 단무린이 그녀에게 전한 사념의 전부였다.

환혼빙인은 생각했다.

그들에게 있어서 가장 안전한 장소.

그곳이 어디일까?

답은 금방 나왔다.

단무린 외의 조장들, 소유붕과 유세화가 대기하고 있는 마가촌.

그곳으로 향한다.

그러기 위해서 잠시 이동을 멈추고, 방향을 재확인하려는 찰나였다.

쐐애애액―!

바람 가르는 소리와 함께 방금 전까지 그녀가 서 있던 자리에 화살 한 대가 꽂혔다.

환혼빙인은 특유의 무표정한 얼굴로 화살이 날아온 방향으로 고개를 돌렸다.

그곳에는 수풀 사이로 모습을 가린 장한 하나가 막 장궁의 시위를 당기고 있었다.

삐이익―!

시위를 놓음과 동시에 입에 물고 있던 호각을 부는 장한.

그와 동시에 환혼빙인이 바닥을 박찼다.

팅―!

그녀는 날아오는 화살을 맨손으로 쳐내면서 순식간에 장한의 앞에 당도했다.

예상 밖의 대응에 놀란 듯 주춤하는 그를 향해서 환혼빙인이 빠르게 주먹을 휘둘렀다.

퍼억—!

"우엑!"

가죽 북 터지는 소리와 함께 장한의 몸이 일순 앞으로 꺾이면서 쓰러졌다.

일격에 쓰러뜨린 그를 내버려 둔 채 환혼빙인은 그 길로 멈추지 않고 빠르게 내달렸다.

방금 전 장한이 불어댄 호각 소리 때문인지 인근으로 다가오는 인기척이 하나둘씩 늘어났다.

그들은 모두 이환성이 앞서 불어댄 호각 소리에 주변에 거대한 천라지망을 형성한 흑월의 추격대였다.

그런 정확한 세부적인 사실까지는 잘 몰랐으나, 적어도 그들에게 붙잡혀서는 안 된다는 것 정도는 환혼빙인도 본능적으로 직감하고 있었다.

그렇기에 그녀는 쉬지 않고 계속 내달렸다.

중간중간마다 어쩔 수 없이 마주치는 자들은 앞서 장한 때와 마찬가지로 속전속결로 처리하길 반복했다.

그때마다 옆구리에 끼고 있는 이신의 몸이 거추장스러운 장식처럼 덜렁거렸는데, 현재 그는 의식을 잃은 상태였다.

심검에 의한 내상이 생각보다 너무 심해서 강제로 의식을 잃었다는 게 정확한 표현인데, 어찌 된 일인지 이 순간에도 그의 내부에선 배화공의 진기가 조용히 약동하고 있었다. 분명 이신 자신은 의식을 잃었음에도 불구하고 말이다.

더욱이 이동하는 동안 적잖은 흔들림과 충격이 전해졌을 것인데도 불구하고 이신에게선 별나른 주화입마의 조짐이 보이지 않았다.

오히려 미세하게나마 혈색이 나아지는 게 눈에 보였다.

놀랍게도 내부에 흐르는 배화공의 진기가 이신의 의지와 상관없이 그의 내상을 치유하고 있는 것이었다.

그리고 그 모든 것을 주도하는 것은 다름 아닌 배화륜이었다.

끼릭— 끼릭— 끼리리릭—!

쉴 새 없이 회전하는 배화륜의 움직임과 함께 배화공의 진기가 상처 난 내부를 보듬고 치유하길 반복했다.

이신조차 미처 몰랐던 배화공 팔륜의 숨겨진 공능 중 하나가 본격적으로 발휘되는 순간이었다.

그런 이신의 내부에 일어나는 변화는 까마득히 모르는 채로 한참을 내달리던 환혼빙인이 문득 멈춰 섰다.

조금 전에 두 명의 장한이 좌우에서 달려들었는데, 한 손을 못 쓰는 터라 하마터면 당할 뻔했다.

처음에는 그냥 넘겼지만 이동하면 할수록 계속 그것이 마음에 걸렸다.

해서 환혼빙인은 잠시 이신을 바닥에 내려놓은 뒤, 자신의 상의를 주저 없이 벗어던졌다.

순식간에 가슴 가리개 하나만 달랑 걸친 채로 그녀는 등 뒤에다 이신을 업었다.

그러고 나서 벗었던 상의를 포대기처럼 사용하였는데, 두 사람의 체격 차이 때문에 마치 아이가 다 큰 어른을 짊어진 꼴이었다.

하지만 이전까지 옆구리에다 대충 끼고 다닐 때보다는 한결 운신하기 편해진 건 사실이었다.

매달린 이신 역시 보다 안정적인 자세를 편하게 유지할 수 있었고 말이다.

뭣보다 두 손이 자유로워졌다는 게 중요했다.

혼자 만족스럽다는 듯 고개를 살짝 끄덕이는 것도 잠시, 환혼빙인이 다시 움직이려고 할 때였다.

삐이이익―!

사방에서 들려오는 시끄러운 호각 소리.

환혼빙인의 고개가 빠르게 사방으로 왔다 갔다 했다.

도대체 어느 틈에?

도망치려고 해봐도 빠져나갈 구멍이 안 보였다.

퇴로까지 완전히 막힌 상황.

사면초가가 따로 없었다.

당황하는 그녀의 모습을 보고 흑월의 추격대 중 한 명이 비웃으면서 말했다.

"멍청하긴. 처음부터 자신이 유도당했다는 것조차 모르다니."

그의 말을 옆의 동료가 이어받았다.

"암만 날고 기어봐야 강시는 강시일 뿐이니까."

그러면서 활시위를 천천히 당겼다.

앞서 말한 무인도 자신의 무기를 고쳐 잡았다.

그들에게 내려진 명령은 오직 하나.

이신을 생포하라.

그 외에 방해하는 자나 요인은 모두 제거해도 좋다는 게 다였다.

그런 면에서 봤을 때, 알아서 이신을 등 뒤에 매고 있는 환혼빙인에게 고마웠다.

적어도 그녀가 이신을 방패막이로 삼을 일은 없다고 봐야 하니까.

하나 그들은 섣불리 우월감에 취한 나머지, 그만 한 가지 중요한 사실을 잠시 간과하고 말았다.

지금 그들이 상대하고 있는 소녀가 아름다운 외모와 달리 얼마나 위험한 존재인지를.

그 사실을 깨닫는 데에는 그리 오랜 시간이 필요하지 않았다.

티디디티티티팅!

날아오는 화살을 모조리 맨몸으로 튕겨내면서 환혼빙인이 쇄도했다.

공교롭게도 목표는 처음 그녀를 비웃었던 자였다.

"이 빌어먹을 강……!"

콰직!

채 말을 다 잇지 못하고, 뒤로 쓰러지는 사내.

그의 얼굴이 주먹 모양으로 으스러져 있었다.

단 일 권이 낳은 결과라고 보기엔 너무나도 처참했다.

이를 본 옆의 동료가 시위를 당기려고 했지만 환혼빙인의 두 손이 더 빨랐다.

우드드득!

사내는 재워둔 활조차 제대로 쏘지 못한 채 그대로 목이 뒤로 돌아갔다.

그렇게 빈틈없던 포위망에 단숨에 구멍이 생겨났고, 환혼빙인은 유유히 장내를 빠져나갔다.

그런 그녀의 뒷모습을 보면서 중인들은 저도 모르게 식은 땀을 흘려댔다.

아무리 강시의 몸이 강철보다 단단하다지만 자신들의 화살을 그리 쉽게 튕겨내다니.

거기다 죽은 두 사람의 무위는 결코 약하지 않았다.

그럼에도 고작 일 수에 죽음을 맞이하다니.

내심 그녀를 경시하던 마음이 모두의 뇌리에서 깡그리 사라졌다.

대신 장내의 분위기가 전에 없던 긴장감으로 물들었다.

개중 얼굴 한가운데에 비스듬하게 칼자국이 나 있는 사십 대 장한이 옆의 무인에게 말했다.

"당장 이조에게 연통해라. 목표물이 막 포위망을 빠져나갔다고."

"충!"

무인은 대답과 함께 서둘러 조명탄을 위로 쏘아 올렸다.

조명탄의 불빛이 어두워진 주위를 잠시나마 밝히는 가운데, 칼자국 사내가 말했다.

"추격을 계속한다."

*　　　　　*　　　　　*

그 후 환혼빙인은 선보인 활약은 실로 눈부셨다.

앞으로 가로막아서는 자는 누구를 막론하고 모두 죽음을 맞이하였다.

가까스로 포위망을 형성하면 귀신같이 미세한 빈틈을 찾아서 빠져나가기 일쑤였다.

덕분에 추격을 재개한 지 두 시진이 지나도록 흑월의 추격대는 여전히 계속 그녀의 꽁무니만 쫓고 있는 실정이었다.

그러나 아예 소득이 없는 것은 아니었다.

"슬슬 한계인가 보군."

예의 칼자국 장년인, 추격대의 총책임가 구대영은 수풀 사이에 흘려진 피를 보면서 중얼거렸다.

추격대 중 누군가가 흘린 피가 아니었다.

다름 아닌 환혼빙인의 피였다.

날아오는 화살마저 튕겨내던 그녀였지만 엄연히 거기에도 한계는 존재했다.

'도구란 게 원래 그런 법이지.'

제아무리 잘 만든 명검이라고 한들, 무작정 아무거나 베기만 해선 금방 이가 나가게 마련이다.

환혼빙인의 현 상황이 딱 그랬다.

제아무리 강시로 제련되어서 체력의 한계가 없을지언정, 그녀 역시 엄연히 피와 살로 이루어진 생물인 이상 육체상의 한계는 존재할 수밖에 없었다.

더욱이 추격대의 방식도 처음과 달라졌다.

일단 절정 이하의 무인들은 어디까지나 철저히 몰이만 한다.

쓸데없는 희생을 막기 위함이다.

그런 가운데, 구대영과 같은 고수들이 집중적으로 공격하였다.

지금 이 피도 사실상 구대영이 휘두른 검강에 의한 상처 때문에 흘린 것이었다.

그 말은 계속 검강으로 공격하면 환혼빙인을 무력화시킬 수 있다는 소리이기도 했다.

하나 구대영은 방심하지 않았다.

오히려 지금부터가 중요하다고 여겼다.

'자고로 궁지에 몰린 쥐가 더 거세게 반항하는 법.'

하니 이쪽도 만반의 준비를 하고 달려들지 않으면 안 되었다.

더욱이 이곳으로부터 약 십 장여 되는 거리만 더 가면 마가촌이 있었다.

그곳에는 이신의 동료들이 머물고 있었고, 그들이 지금의 소란을 언제까지 눈치채지 못하리란 보장은 어디에도 없었다.

'속전속결로 끝낸다.'

구대영의 눈빛이 번뜩였다.

그리고 반 시진 후, 세 겹이나 되는 두터운 포위망 속에 갇힌 환혼빙인의 모습이 그의 시야로 들어왔다.

백옥 같던 피부는 흙먼지로 더럽혀졌고, 산발한 머리는 아무렇게나 바람이 나부꼈다.

입고 있는 옷은 이미 옷이라고 말하기가 민망할 지경으로

다 찢겨져 나갔다.

맨몸으로 날아오는 화살이나 창칼을 막았으니 오죽하랴.

용케 젖가슴이나 국부라도 가리는 게 신기할 지경이었다.

하나 장내의 어느 누구도 반나신에 가까운 그녀의 몸을 음탕한 시선으로 바라보지 않았다.

그러기엔 앞서 그녀를 상대하다가 죽어나간 동료들의 희생이 너무 뼈아팠다.

실제로 추격대 무인들 태반이 싸늘한 눈으로 그녀를 노려봤다.

만약 그녀의 등 뒤에 죽은 듯이 매달려 있는 이신을 무조건 생포해야 한다는 윗선의 명령만 아니었으면, 진즉에 칼바람이 불어도 족히 네댓 번 이상은 불었을 것이다.

그렇게 얼마 동안 대치 상태를 유지했을까?

구대영이 말없이 오른손을 천천히 들어 올렸다.

그러자 그의 뒤에 시립하고 있던 무인 열 명이 동시에 그물망을 투척하려는 자세를 취했다.

딱 봐도 그것으로 환혼빙인의 움직임을 봉한 뒤, 그녀를 제압하려는 속셈이었다.

그 편이 가장 확실하고 안전했으니까.

구대영이 나름 신중한 성격의 소유자임을 알 수 있는 대목이었다.

그리고 그가 막 손을 아래로 내리려는 찰나였다.

"으아아아악!"

갑작스러운 비명과 함께 포위망 일부가 와르르르— 무너져 내렸다.

구대영의 얼굴이 굳어졌고, 곧 장내에 난입한 세 명의 인영이 보였다.

"저들은……!"

개중 유독 커다란 덩치를 자랑하는 동의 사내, 우문창이 외쳤다.

"주군의 명이다! 절대로 혈영사신을 빼앗겨서는 안 된다!"

"우와아아아아아아!"

그의 외침에 갑자기 수십 명의 인영, 신생 혈영대가 장내에 들이닥쳤다.

그걸 본 구대영의 눈이 찢어질 듯 커졌다.

"네 이놈들! 지금 본 월과의 동맹을 어기겠다는 것이냐!"

그의 노기 어린 외침에 우문창은 능글맞게 웃으면서 답했다.

"동맹은 동맹, 이건 이거다! 거기다 여긴 본 교의 영역이라고? 그만 설치고 꺼지시지?"

"저런 육시럴한……!"

뻔뻔한 그의 대답에 구대영은 욕지거리를 내뱉으며 얼른 그에게 짓쳐들어 갔다.

그의 돌진에 우문창은 오히려 기다렸다는 듯 마주 달려들었다.

쾅!

지축마저 뒤흔들 정도의 충격파가 티져 나왔다.

그런 두 사람의 충돌을 시작으로 신생 혈영대와 흑월의 추격대도 본격적으로 부딪치기 시작했다.

바야흐로 적아를 구분하기 어려운 혼전의 서막이었다.

자신을 가운데에 두고 일어나는 주변의 싸움 앞에 환혼빙인은 잠깐 멍하니 서 있었다.

어찌 반응해야 할까?

분명 구대영 등은 적이지만 새로이 나타난 자들은 적인지 아군인지 분간하기 어려웠다.

하나 곧 얼마 지나지 않아 환혼빙인은 결론을 내렸다.

적이냐 아군이냐는 아무래도 좋았다.

중요한 것은 저들 또한 구대영 등과 마찬가지로 이신을 노리고 있다는 사실!

그렇다면 한시라도 빨리 이 자리를 벗어나야 할 터.

마침 혼란을 틈타 움직이기 딱 좋았다.

환혼빙인이 천천히 몸을 뒤로 한 발자국 옮기려고 할 때였다.

핑—!

한 줄기 파공성이 환혼빙인의 귓전을 파고들었다.

서둘러 피하려고 했지만 화살이 그보다 먼저 그녀의 귓불을 스치고 지나갔다.

주륵—

귓불에 이어서 새하얀 목덜미를 타고 흐르는 핏물.

여태껏 강기 외의 공격은 모조리 튕겨낸 환혼빙인의 몸이거늘, 고작 화살 하나 스친 것 가지고 이런 부상을 입다니.

속도도 속도거니와, 화살 자체에 실린 힘이 범상치 않음을 알 수 있는 순간이었다. 하나 더 큰 일은 따로 있었다.

치이이익—

화살촉에 매달려 있던 주머니가 터지면서 매캐한 녹연이 새어 나왔다.

그걸 본 구대영이 화들짝 놀라면서 외쳤다.

"독이다! 전원 호흡을 멈추고 물러나라!"

그의 경호성에 화살 주변에 있던 수하들이 일제히 물러났지만 몇몇은 피하는 게 늦어서 그대로 녹연을 뒤집어썼다.

"커어억! 케엑!"

"사, 살려줘!!"

괴로워하면서 쓰러지는 수하들의 모습에 구대영은 이를 빠득 갈았다.

'미친 놈, 이런 혼전 속에 독을 쓰다니!'

비상식도 정도껏이지, 이런 상황에서 독을 쓰면 적아의 구분 없이 피해가 막심하다는 것을 어찌 모른단 말인가?

하나 그의 생각과 달리 똑같이 녹연을 뒤집어썼음에도 신생 혈영대는 멀쩡했다. 오히려 중독 현상에 허덕이는 흑월의 무인들을 거의 농락하다시피 했다.

이에 뭔가 이상하다고 여긴 구대영이 서둘러 안력을 돋웠고, 이내 곧 그들이 입에 뭔가 물고 있다는 것을 알았다.

'피독주(避毒珠)!'

지금의 독연은 우발적으로 터뜨린 게 아니었다.

철저하게 계획된 책략이었다.

그렇지 않고서야 수십 명에 가까운 인원 모두가 피독주를 소지한다는 건 말이 안 되었다.

이에 그가 내심 분노하는 가운데, 때마침 약 올리듯 우문창이 말했다.

"더 이상 부하들을 잃기 싫다면 이만 물러나는 게 어떻겠소?"

"이놈이……!"

우문창의 도발에 얼굴의 칼자국이 절로 꿈틀거렸다.

하나 그가 검을 휘두르기도 전에 한 줄기 파공성을 동반한 화살이 날아왔다.

캉!

가까스로 쳐냈지만 검을 쥔 구대영의 오른손이 미세하게 떨렸다.

'뭔 놈의 화살이······!'

만약 구대영이 아닌 다른 이가 쳐내려고 했다면, 되레 화살에 검이 부러지고 말았을 정도의 힘이다.

우문창이 히죽 웃으면서 말했다.

"파천시(破天矢)라고 들어봤나?"

"뭣?"

구대영은 화들짝 놀랐다.

파천시.

정확히는 폭렬파천시(爆裂破天矢)라는 이름의 절학으로 천마백팔공 중 하나로서 대성하면 일시에 하늘마저 깨뜨린다는 전설이 전해지는 궁술이 아니던가?

실전된 지 백여 년 가까이 되는 그걸 구사하는 자가 현재 마교 안에 있다니. 더욱이 그런 고수가 담천기의 수하라는 사실이 놀라울 따름이었다.

'마교의 일공자가 물밑 아래로 꽤 많은 고수를 포섭하고 있

다고 듣기는 했지만……'

이건 그가 알고 있는 것 이상이었다.

당장 눈앞의 우문창만 하더라도 무슨 공격을 퍼부어도 금방 상처를 회복해서 달려드는 무시무시한 재생력과 저돌성을 자랑하고 있지 않은가?

'어쩌면……'

아마도 흑월 내에서 은밀히 모방하고 있는 중인 천마불사강기이리라.

이쯤 되자 어쩌면 마교의 일공자가 다루기 쉬운 자라는 것은 상부의 판단은 섣부른 편견이 아닌가,라는 생각이 문득 구대영의 뇌리를 스쳐 지나갈 때였다.

쇄애애액—!

또다시 화살 하나가 파공성을 터뜨리면서 날아왔다.

이번에는 구대영을 노린 게 아니었다.

혼란의 틈바구니를 노리고 조용히 장내를 빠져나가려고 하던 환혼빙인을 향해서였다.

'이런!'

그걸 본 구대영의 마음이 급해졌다.

지금 일공자가 다루기 쉬운 대상이냐 아니냐가 중요한 게 아니었다.

이환성이 내린 명령!

그것부터 수행하는 게 먼저가 아닌가.

하마터면 그 사실을 간과할 뻔 했다는 사실에 구대영은 스스로를 욕하면서 자신의 검에 내력을 집중했다.

그러자 붉은 강기가 그의 검신에서 불길처럼 일어났고, 그걸 본 우문창이 사납게 웃었다.

"포기할 생각이 전혀 없나 보군."

"피차 위의 명령을 수행하는 입장 아닌가?"

애당초 타협하고 말고 할 여지는 없었다.

양측 모두 이신을 원하고 있다.

그렇다면 가장 먼저 이신을 손에 넣는 게 임자였고, 그러려면 한시라도 빨리 환혼빙인부터 제압해야 했다.

그렇게 판단한 구대영이 슬쩍 환혼빙인을 곁눈질한 다음에 우문창을 바라봤다.

우문창도 때마침 그를 바라보고 있었는데, 그 은근한 눈빛이 이리 말하고 있었다.

우선 저 성가신 강시부터 처리하자고.

자신들끼리 다투는 건 그 다음에 해도 괜찮지 않느냐고.

앞서 환혼빙인에게 애먹은 구대영으로서는 내심 반가운 제안이었다.

그렇게 무언의 합의를 마친 구대영과 우문창의 시선이 동시에 환혼빙인 쪽으로 향했다.

이에 환혼빙인은 직감적으로 최악의 상황에 직면했음을 깨달았다. 하나 쉽사리 움직일 수 없었다.

도망치려고 하면 귀신같이 어디선가 화살이 날아왔고, 그렇다고 해서 이대로 가만히 있다간 이신을 저들에게 빼앗기고 말 것이다.

그야말로 절체절명의 순간.

어떻게든 이 상황을 해결할 만한 수를 내놔야 했다.

설령 그로 인해서 그녀 자신이 희생된다고 할지라도 말이다.

스스스스스스ㅡ!

환혼빙인의 피부 위로 한 겹의 서리가 내려앉더니 주변으로 차가운 운무가 피어오르기 시작했다.

막 그녀의 주변으로 접근하던 흑월과 신신 혈영대의 무인들은 그대로 운무의 영역으로 들어갔다.

"크윽!"

"추, 추위!"

그들 모두가 고통 어린 비명을 터뜨렸다.

단순히 대기가 차갑다는 데서 끝나지 않았다.

운무의 영역에 들어선 무인들의 몸은 급속도로 얼어붙기 시작했다.

이에 어떻게든 운무 밖으로 벗어나려고 했지만 그들의 내부를 소리 없이 잠식한 극한의 냉기가 그것을 허락하지 않았다.

그제야 장내의 모두가 새삼 깨달았다.

눈앞의 강시 소녀가 환혼빙인이라 불리는 이유가 무엇인지를.

그리고 지난 정마대전에서 사람들이 마교의 고루강시보다 천사련의 환혼빙인을 더욱 두려워한 이유가 무엇이었는지 까지도.

쇄애애애액—!

바로 그때, 한 줄기의 적광이 새하얀 운무 사이를 꿰뚫었다.

예의 파천시였는데, 이번에는 무려 화살 전체에 강기가 감싸고 있었다.

당연히 관통력과 위력이 높아져서 이전에 비할 바가 아니었다. 하나 결과는 생각보다 신통치 않았다.

쩌저적—!

화살은 채 환혼빙인에게 닿기도 전에 강기 채로 얼어붙고 말았다.

힘없이 발치로 떨어지는 화살을 짓밟으면서 환혼빙인은 지면을 박찼다.

몇 겹이나 되는 포위망이 그녀의 앞을 막았지만 극한의 냉기 앞에선 무용지물이나 마찬가지였다.

"크윽!"

"전부 물러나라!"

우문창과 구대영이 인상을 찌푸리면서 황급히 수하들에게 물러나라고 명령했다.

대신 그 빈자리를 두 사람을 비롯한 초절정급 이상의 고수들이 채웠다.

지금 이 순간에는 흑월이니 마교니 하는 소속과 신분에서 벗어났다.

그들은 오직 단 하나, 환혼빙인을 저지하는 목적에만 집중하였다

그래서인지 따로 연수합격을 연습한 것도 아님에도 그들의 공격은 한데 합쳐져서 환혼빙인을 압박했다.

그들의 합공 앞에 환혼빙인은 무표정한 얼굴로 두 손을 빠르게 휘저었다.

그러자 그녀의 주변을 감싸고 있던 극한의 냉기가 매서운 광풍으로 화해서 사방을 뒤덮었고, 곧 두 개의 거대한 기운이 중간에서 충돌했다.

콰과과과광—!

귀청이 떨어질 듯한 폭음과 함께 운무가 사방으로 퍼졌다.

삽시간에 시야가 가려지자 구대영과 우문창은 순간 아차했다.

'이년이……!'

'반격이 아니라 우리의 시야를 가리는 게 주목적이었구나!'

도저히 강시라고 보기 어려울 만큼 영악한 대응!

그 사이에 포위망을 따돌리면서 장내를 벗어나는 그녀의

앞에 한 사내가 나타났다. 호랑이 가죽을 걸친 그는 활시위를 팽팽하게 당기면서 뇌까렸다.

"쇄혼시(碎魂矢)······!"

퓨슝—!

이제까지와 사뭇 다른 묵직한 파공성과 함께 활이 시위를 떠났다.

화살이 지나간 대기를 쥐어짜듯 공간째로 뒤틀렸다.

화살에 실린 어마무시한 회전력이 낳은 결과였다.

환혼빙인은 본능적으로 직감했다.

행여 저기에 휘말렸다간 쇄혼(碎魂)이라는 이름대로 영혼째로 갈기갈기 분쇄되고 말 거라고.

그랬다간 그녀는 둘째 치고, 이신의 목숨이 위험할 터였다.

이신의 안전을 최우선하는 그녀로선 쇄혼시 피하는 게 최선이었으나, 그랬다간 다시 포위망 안에 갇혀서 상황은 다시 원점으로 돌아갈 뿐이었다.

그야말로 진퇴양난의 상황!

환혼빙인은 잠시 고민했으나, 이내 곧 결단을 내렸다.

어차피 그녀가 최우선하는 것은 이신의 안전일 뿐, 자신의 안위가 아니었다.

때문에 그녀는 날아오는 쇄혼시를 피하지 않고, 오히려 정면으로 맞서는 쪽을 택했다.

이윽고 영혼마저 갈아버릴 기세의 쇄혼시와 극한의 냉기를 압축한 그녀의 주먹이 맞부딪쳤다.

쾌과과과과과과과광—!

적색의 강기가 미친 듯이 회오리치면서 세상을 분쇄하기 시작했다.

환혼빙인은 거기에 힘없이 휩쓸려 버렸다.

그걸 본 호랑이 가죽 사내, 신생 혈영대의 조장 후보인 파천궁마(破天弓魔) 관중악은 눈을 부릅떴다.

'아차!'

설마 피하지 않다니.

그녀는 둘째 치고 생포해야 할 이신의 생사가 일순 불투명해지고 말았잖은가.

당혹스러워 하는 그의 귓전으로 일순 우문창의 경호성이 날카로운 비수처럼 파고들었다.

"피해라, 궁마!"

순간 관중악은 이해하지 못했다.

목표를 죽이고 만 자신을 나무래야 할 우문창이 도리어 자신을 걱정하다니.

하지만 이내 그의 말이 무슨 뜻인지 깨달았다.

자신의 쇄혼시에 그대로 분쇄당한 줄로만 알았던 환혼빙인이 그의 좌측에서 소리없이 등장함과 동시에 말이다.

빠각—!

"커억—!"

나지막한 신음성과 함께 관중악의 몸이 바닥에 패대기쳐졌
다. 그의 왼쪽 어깨에 한 겹의 서리가 얇게 내려앉았다. 원래
그의 머리를 박살 내려고 한 환혼빙인의 일격을 어깨로 빗겨
맞은 대가였다.

쓰러지면서 그는 도저히 믿을 수 없다는 듯 중얼거렸다.

"도대체 어떻게……?'

분명 자신의 쇄혼시는 그녀에게 격중했을 텐데?

그렇지 않고서야 그렇게 강기가 미친 듯이 회오리치는 것
자체가 불가능했다.

하나 그가 아닌 다른 중인들은 목격했다.

창졸지간에 환혼빙인이 극한의 냉기가 분신을 만들어서 금
선탈각의 수법으로 중간에 빠져나가는 것을.

우문창이 경호성을 내지른 것도 그래서였다.

그 수법은 지난날 신수연이 펼쳤던 한령잠설보의 움직임과
흡사했으나, 그 사실을 장내에서 아는 이는 아무도 없었다.

그렇게 관중악을 처리하고 환혼빙인은 유유히 장내를 벗어
나는 듯했다.

"허허, 강시 주제에 제법 깜찍한 짓을 하는구나."

웬 늙수그레한 음성이 그녀의 귓전을 파고들기 전까지는.

캉!

쇳소리와 함께 환혼빙인은 그대로 바닥에 패대기쳐졌다.

가까스로 몸을 일으키는 그녀는 검격에 얻어맞은 부위를 붙잡고 괴로워했다.

그런 그녀를 내려다보면서 예의 늙수그레한 음성의 주인, 이환성이 말했다.

"허허허, 보기보다 몸뚱이가 제법 튼튼하구나. 하지만 두 번 연속으로 막아도 버틸 수 있을지 의문이구나."

마치 손녀에게 말하듯 자애로운 말투였지만 장내의 어느 누구도 결코 그리 여기지 않았다.

지금껏 어떤 공격에도 저리 괴로워하지 않았던 환혼빙인이다.

한데 어찌 이환성의 공격에는 저리도 괴로워한단 말인가?

그런 모두의 의문을 눈치챈 이환성이 내심 혀를 내찼다.

'쯔쯔쯔, 멍청한 놈들. 딱 봐도 그릇이 다 깨져 가는데, 그 균열을 자극할 생각은커녕 엉뚱한 짓들만 하고 있었군.'

하긴 그것도 이환성 정도의 경지에 이르니까 눈치챘을 뿐, 겉으로만 봤을 때 환혼빙인의 기세는 사뭇 매서워서 파고들 틈이 쉬이 보이지 않았다.

바로 그때, 환혼빙인이 비틀거리면서 일어났다.

그녀는 다시금 냉기의 운무를 갑옷처럼 두르기 시작했다.

그걸 본 이환성의 노안에 이채가 떠올랐다.

'호, 그 와중에도 주인을 지키려고 하는가? 한낱 마물이지만 그 마음 하나는 기특하구나.'

이신을 지키는 자들이 원래 다 그런 것인가?

앞서 단무린도 최후의 그 순간까지 어떻게든 자신의 발을 붙들려고 발악했다.

물론 압도적인 무력 차는 제아무리 환술이나 진법의 힘을 빌려도 좁힐 수 없는 터라 결국에는 이렇게 장내에 도착했지만 말이다.

한 가지 아쉬운 게 있다면 단무린의 최후를 미처 확인하지 못했다는 정도?

정확히는 끝장을 보려는데 갑자기 제삼자가 끼어들어서 그를 멋대로 데려가고 말았다.

이신을 확보하는 게 최우선이라서 그에 대한 추적을 포기하긴 했지만 내심 마음에 걸렸다.

'누구였을까, 그자는?'

단무린과 마찬가지로 요상한 환술을 썼던 걸로 봐선 같은 사문의 사람으로 추정되지만 확실치 않았다.

아무튼 생각에 잠겨 있는 그의 모습을 빈틈이라고 여긴 듯 환혼빙인이 기습적으로 주먹을 내질렀다.

쩌저정—!

순식간에 대기를 얼려 버리는 일 권.

좌악—!

하나 이환성은 가벼이 검을 내리긋는 것만으로 쏟아지는 냉기의 파도를 둘로 갈라버렸다.

기운이 아니라 기운의 흐름 자체를 베어버린 것이다.

그걸 본 환혼빙인의 얼굴이 굳어졌다.

이전에도 이와 비슷한 일이 있었다.

과거 무한 지부에서 커다란 칼을 휘두르던 중년인과의 일전.

그 역시 이런 식으로 기운의 흐름을 베는 무위를 선보인 바 있었다.

그때를 떠올리자 새삼 눈앞의 노인이 얼마나 강한 자인지 직감할 수 있었다.

동시에 그때와 지금의 자신의 차이도 어느 정도인지를.

성화의 기운.

본디 그 막대한 기운을 품고 있을 때는 이 정도 냉기쯤이야 아무런 장애 없이 쉬이 사용했다.

하나 지금 그녀로서는 이보다 강한 냉기를 사용했다간 역으로 그녀의 몸이 얼어붙고 말 것이다.

양날의 검.

너무나 강한 냉기가 도리어 그녀의 목숨을 옥죄고 있는 것이다.

그 사실을 이환성도 얼추 눈치채고 있었다.

'굳이 노부가 나서지 않아도 상관없겠군.'

제압하기보다는 스스로 힘을 다할 때까지 놔두는 게 보다 상책이리라.

대충 환혼빙인에 대한 판단을 마친 이환성은 곧바로 시선을 장내로 돌렸다.

갑작스러운 등장과 더불어서 가공할 무위까지 선보인 이환성의 모습에 우문창 등의 표정은 절로 썩어 문드러져 있었다.

반면 구대영 등은 반색하면서 서둘러 그를 향해서 부복했다.

"호법을 뵙습니다."

"호법을 뵙습니다!"

구대영의 선창에 이은 흑월 무인들의 쩌렁쩌렁한 인사에 이환성은 됐다는 듯 손사래를 쳤다.

"여긴 마교의 영역. 굳이 그렇게까지 예의를 차릴 것 없느니라."

"충!"

"그나저나……"

이환성은 힐끗 우문창 등을 바라봤다.

그의 시선에 움찔했으나, 곧 그들은 기세에서 지지 않겠다는 양 애써 전의를 불태웠다.

피식— 하면서 이환성의 입꼬리가 올라갔다.

"애송이들이 제법 용을 쓰는구나."

"어찌할까요."

구대영이 뒤로 다가와서 조심스레 물었다.

그러자 이환성은 여전히 우문창 등을 주시하면서 말했다.

"저 애송이들은 노부가 맡겠다. 그동안 너희들은 저 강시나 제압해라."

"충!"

구대영은 뭐라고 뒷말을 달지 않고 곧바로 명령을 이행하였다.

성화를 수호하는 신녀를 지키는 호법사자, 이환성.

따로 천혈검제(千血劍帝)라고 불리는 그는 구대영 등에게 있어서 존경의 대상이자 우상 그 자체였다.

하니 어찌 그의 명령에 토를 달 수 있겠는가?

거기다 환혼빙인을 제압하는 것은 앞서 그가 내린 이신의 생포라는 명령을 고스란히 답습하고 있었다.

구대영은 검을 들고 외쳤다.

"전원 포위망을 펼쳐라!"

그의 명령에 일제히 환혼빙인의 주변을 부채꼴로 에워싸는 흑월의 무인들!

환혼빙인의 무표정한 얼굴에 살짝 그늘이 어렸다.

한편 우문창의 얼굴에도 그늘이 내려앉았다.

'제길, 저 괴물 같은 노괴까지 나타나다니!'

적마전에서 잠시 본 이환성의 무위는 그보다 훨씬 윗길이었다.

그런 그를 상대한다는 건 천마불사강기를 익힌 우문창에게도 실로 버거운 일!

그는 서둘러 나머지 두 조장에게 도움을 청하듯 곁눈질했지만 그들이라고 딱히 뾰족한 수가 있을 리 만무했다.

그때, 이환성의 음성이 들려왔다.

"남의 물건에 함부로 손대려고 하다니. 참으로 손버릇이 나쁜 아이들이군."

"뭐?"

지금 누가 누구에게 훈계를 하는 건가?

엄연히 중간에 멋대로 이신을 노린 건 오히려 이환성 쪽이 아닌가?

우문창 등은 순간 어처구니없다는 표정을 감출 수 없었지만 이환성의 말은 끝나지 않고 계속 이어졌다.

"고로 노부가 한 수 가르침을 내려주마. 부디 한 귀로 흘려 듣지 말도록."

"이 노인네가 보자보자 하니까……!"

가장 저돌적인 성정을 자랑하는 우문창이 기어코 지면을 박차고 움직였다.

천마불사강기를 믿고 저지르는 것도 있지만 줄곧 위에서

아래를 바라보는 듯한 이환성의 고압적인 태도가 내심 마음에 들지 않았기 때문이다.

하나 그는 채 몇 걸음도 걷지 않아서 멈추고 말았다.

쿠웅—!

갑자기 위에서 그를 억누르는 무형의 기세!

단무린 이후로 이 정도로 어마어마한 기세를 마주하는 것은 처음이었다.

저도 모르게 한쪽 무릎을 꿇은 우문창은 힘겹게 고개를 뒤로 돌렸다.

그러자 자신과 마찬가지로 기세에 억눌려서 괴로워하는 신생 혈영대의 모습이 보였다.

순간 그의 표정이 일그러졌다.

자신뿐만 아니라 동료나 수하들까지 저리 당하고 말다니.

우문창의 귓가로 이환성의 음성이 파고들었다.

"내 비록 지쳤다하나 너희들 정도로는 어림도 없느니라."

"크윽!"

모욕적인 이환성의 언사에도 아무것도 할 수 없다는 무력감과 그로 인한 분노로 우문창은 온몸을 부들부들 떨어댔다.

그렇기에 미처 보지 못했다.

이환성이 슬쩍 곁눈질로 위를 올려다보는 것을.

*　　　　*　　　　*

장내에서 얼마 떨어지지 않은 야트막한 언덕.

그 위에서 아래를 내려다보는 일단의 무리가 있었다.

다름 아닌 묵룡대의 무인들이었다.

개중 가장 선두에 서 있는 묵룡대주 임사군의 표정이 굳어졌다.

'으음! 우리의 존재를 눈치챈 것인가?'

하긴 저 정도 무위의 고수가 자신들을 눈치채지 못한다는 게 더 이상한 일이었다.

그럼에도 한번 쳐다보는 것 외에는 별다른 반응을 보이지 않은 것은 참견하지 말라는 암묵적인 표현이라고 받아들여야 할 터.

임사군이 그리 생각하고 있을 때, 수하 중 하나가 말했다.

"대주, 이쯤에서 저희들이 나서야 하는 거 아닙니까?"

이곳은 엄연히 마교의 영역이었다.

그런 곳에서 외부자인 흑월의 무인들이 천라지망을 펼치는 것도 모자라서 비록 소속은 다르지만 같은 마교의 무인인 우문창 등을 저리 핍박하다니.

당연히 마음에 들 리 없었다.

하나 이어지는 임사군의 대답은 예상 밖이었다.

"참아야 한다."

"네?"

임사군의 대답에 그는 당황했다.

말문이 막힌 수하의 모습을 보면서 임사군은 나지막하게 한숨을 내쉬었다.

"추우, 위에서 따로 명령이 내려오지 않는 한 우린 여기서 대기할 뿐이다. 괜히 쓸데없는 생각하지 말도록. 알겠나?"

"추, 충!"

수하는 황급히 대답하긴 했지만 내심 마음에 안 드는 눈치였다.

임사군은 훤히 그런 수하의 속내가 보였지만 모른 척했다.

'지금은 우리가 나서선 안 된다.'

사마결은 말했다.

절대로 일공자와 부딪쳐서는 안 된다고.

그런 의미에서 봤을 때, 묵룡대는 결코 장내의 일에 개입해서는 안 되었다. 설령 그것이 일공자 세력의 약화로 이어진다고 하더라도 말이다.

'오히려 그게 더 나을지도 모르지.'

생각보다 일공자의 세력, 신생 혈영대의 면면은 사마결이 파악한 것보다 훨씬 대단하였다.

비록 여물지는 않았다지만 앞으로 몇 년이 지난다면 필시 사마결을 비롯한 마교 상충부는 그들을 앞세운 담천기에게 굴복할 가능성이 농후했다.

마교는 강자존의 집단.

그리 되는 게 당연했지만 동시에 그건 사마결이 바라는 미래가 아니었다. 그가 바라는 건 담천기를 자신의 손바닥 위에 놓고 조종하는 것.

'그러기 위해서라도 일공자의 세력을 어느 정도 꺾어놓을 필요가 있다.'

가급적이면 일공자 뒤에 있는 흑월의 세력과 함께 상잔하는 것이 가장 최선의 결과이리라.

그것이야말로 사마결이 바라는 결과였다.

또한 그것을 위해서 움직이는 것이 묵룡대주인 그의 역할이었다.

물론 그라고 해서 마냥 마음이 편하지는 않았다.

따지고 보면 훗날을 위해서 지금 장내의 소란을 못 본 척하고 넘어가는 것이었으니까.

'부디 이쪽이 바라는 대로 움직여라, 흑월.'

그러고 난 다음에 지금의 분노를 몇 배로 갚아 주리라.

그렇게 속으로 몰래 칼을 갈 때였다.

"앗!"

갑자기 수하 중 한 명이 외마디 탄성을 터뜨렸다.

그를 나무랄 새도 없이 임사군 역시 자리에서 벌떡 일어났다.

"저건……?!"

모두의 시선이 한 곳에 집중되었다.

그건 비단 언덕 위에서만 일어난 일이 아니었다.

*　　　　*　　　　*

장내의 모든 이가 하던 일을 멈추고 한곳만 바라봤다.

심지어 이환성마저도 놀란 표정으로 뒤를 돌아봤다.

'이 무슨?'

환혼빙인.

그녀를 중심으로 심상치 않은 푸른빛의 기운이 소용돌이치고 있었다.

극한의 냉기.

정확히는 그녀의 몸 안에 내재되어 있던 천음구절맥의 기운이 폭주하기 시작한 것이었다.

그것이 의미하는 바는 하나뿐이었다.

'우리에게 넘겨줄 바에 차라리 주인과 함께 이 자리에서 동사할 작정인가!'

이환성의 주름진 얼굴이 일그러졌다.

'이럴 때가 아니로군.'

상황 판단을 마친 그는 서둘러 우문창 등을 억누르던 기세를 거두었다. 그러고는 뒤도 돌아보지 않고 냉큼 지면을 박찼다.

장내에서 저 냉기를 억누를 수 있는 자는 오직 이환성뿐이었다. 그렇기에 구대영 등은 알아서 길을 열어줬고, 그 사이를 이환성의 신형이 눈 깜짝할 새에 통과했다.

'늦지 말아야 한다!'

그가 손에 넣어야 하는 건 어디까지나 살아 있는 이신이지, 죽은 그의 시신 따위가 아니었으니까.

그러기 위해서 심검을 사용한 여파로 여기저기가 삐걱대는 몸을 억지로 움직일 때였다.

화아아아아아―!

냉기의 소용돌이 한가운데서 돌연 눈부신 백광이 터져 나온 것은.

그리고 그 백광의 중심에 있는 것은 다름 아닌 이신이었다.

『대무사』 7권에 계속…

이제부터 전자책은

이젠북

www.ezenbook.co.kr

새로운 세계가 열린다!

김재한『성운을 먹는 자』 철백『대무사』
니콜로『마왕의 게임』 가프『궁극의 쉐프』
이경영『그라니트:용들의 땅』 문용신『절대호위』
탁목조『일곱 번째 달의 무르무르』 천지무천『변혁 1990』
강성곤『메이저리거』 SOKIN『코더 이용호』

이름만 들어도 황홀할 정도의 별들의 향연!
이들의 "유료연재"가 시작됩니다!

검색창에 **이젠북**을 쳐보세요! ▼

초대형 24시 만화방

신간 100%, 샤워실, 흡연실, 수면실(침대석), 커플석, 세탁기 완비

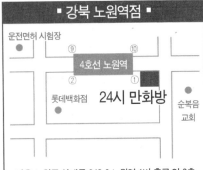

▪ 강북 노원역점 ▪

서울 노원구 상계동 340-6 노원역 1번 출구 앞 3층
02) 951-8324 (화용빌딩 3층)

▪ 일산 정발산역점 ▪

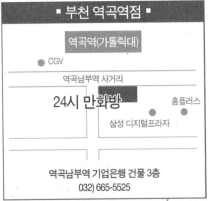

라페스타 E동 건너편 먹자골목 내 객잔건물 5층
031) 914-1957

▪ 일산 화정역점 ▪

경기도 고양시 덕양구 화정동 984번지 서일빌딩 7층
031) 979-4874 (서일사우나 건물 7층)

▪ 부천 역곡역점 ▪

역곡남부역 기업은행 건물 3층
032) 665-5525

▪ 부평역점 ▪

(구) 진선미 예식장 뒤 보스나이트 건물 10층
032) 522-2871

paráclito

빠라끌리또

FUSION FANTASTIC STORY

가프 장편 소설

막장 비리 검사가
최고의 검사로 거듭나기까지!
그에겐 비밀스러운 친구가 있었다.

『빠라끌리또』

운명의 동반자가 된 '빠라끌리또'가 던진 한마디.

─밍글라바(안녕하세요)!

그 한마디는 막장 비리 검사, 송승우의
모든 것을 통째로 리뉴얼시켜 버렸다.

빠라끌리또=Helper, 협력자, 성령.

Book Publishing CHUNGEORAM

유행이 아닌 자유추구 -
WWW.chungeoram.com

이경영 판타지 장편소설

FANTASY FRONTIER SPIRIT

그라니트

용들의 땅

GRANITE

사고로 위장된 사건에 의해 동료를 모두 잃고 서로를 만나게 된 '치프'와 '데스디아'.
사건의 이면에 상식을 벗어난 음모가 있음을 알게 된 둘은
동료들의 죽음을 가슴에 새긴 채 각자의 고향으로 돌아간다.
2년 후, 뜻하지 않게 다시 만난 두 사람은 동료들의 복수를 위해
개척용역회사 '그라니트 용역'을 설립해 다시금 그 땅을 찾게 되는데……

용들이 지배하는 땅 그라니트!
그곳에서 펼쳐지는 고대로부터 이어지는 운명적 만남,
깊어지는 오해, 그리고 채워지는 상처.

『가즈 나이트』시리즈 이경영 작가의 미래형 판타지 신작!

Book Publishing CHUNGEORAM

유행이 아닌 자유추구 -
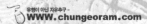
WWW.chungeoram.com

FUSION FANTASTIC STORY

성운을
먹는 자

김재한 퓨전 판타지 소설

『폭염의 용제』, 『용마검전』의 김재한 작가가 펼쳐 내는
이제까지와는 전혀 다른 새로운 이야기!

『성운을 먹는 자』

하늘에서 별이 떨어진 날
성운(星運)의 기재(奇才)가 태어났다.

그와 같은 날,
아무런 재능도 갖지 못하고 태어난 형운.
별의 힘을 얻으려는 자들의 핍박 속에서 한 기인을 만나다!

"어떻게 하늘에게 선택받은 천재를 범재가 이길 수 있나요?"
"돈이다."
"…네?"
"우리는 돈으로 하늘의 재능을 능가할 것이다."

Book Publishing CHUNGEORAM

유행이 아닌 자유추구
WWW.chungeoram.com

허담 新무협 판타지 소설
FANTASTIC ORIENTAL HEROES

신력을 타고났으나 그것은 축복이 아닌 저주였다.

『십자성 - 전왕의 검』

남과 다르기에 계속된 도망자의 삶.
거듭된 도망의 끝은 북방 이민족의 땅이었다.
야만자의 땅에서 적풍은 마침내 검을 드는데……!

"다시는 숨어 살지 않겠다!"

쫓기지 않고 군림하리라!
절대마지 십자성을 거느린
적풍의 압도적인 무림행이 시작된다!

Book Publishing CHUNGEORAM

유행이 아닌 자유추구 -
WWW. chungeoram.com

검자 新무협 판타지 소설
FANTASTIC ORIENTAL HEROES
목탁
해적으로 바다를 누비던 청년,
절해고도에 표류해… 절대고수를 만나다!
"목탁은 중생을 구제하는
좋은 이름일세."
더 이상 조무래기 해적은 없다!
거칠지만 다정하고, 가슴속 뜨거운 것을 품은
목탁의 호호탕탕 강호행에
무림이 요동친다!
Book Publishing CHUNGEORAM
WWW.chungeoram.com

사락함대 장편소설

FUSION FANTASTIC STORY

2016년 대한민국을 뒤흔들 거대한 폭풍이 온다!

『법보다 주먹!』

깡으로, 악으로 밤의 세계를 살아가던 박동철.
그는 어느 날 싱크홀에 빠진다.

정신을 차린 박동철의 시야에 들어온 건 고등학교 교실.
그리고 그에게 걸려온 의문의 ARS는 그를 새로운 인생으로 이끄는데……

빈익빈 부익부가 팽배한 세상, 썩어버린 세상을 타파하라!

법이 안 된다면 주먹으로!
대한민국을 뒤바꿀 검사 박동철의 전설이 시작된다!

Book Publishing CHUNGEORAM

유행이 아닌 자유추구 -
WWW.chungeoram.com

FUSION FANTASTIC STORY

고고33 장편소설

세무사 차현호

대한민국의 돈, 그 중심에 서다!

『세무사 차현호』

우연찮게 기업 비리가 담긴 USB를 얻은 현호는
자동차 폭탄 테러를 당하게 되는데…….

그런 그에게 주어진 특별한 능력과 두 번째 삶.
하려면 확실하게, 후회 없이 살고 싶다!

"대한민국을 한번 흔들어보고 싶습니다."

대한민국의 돈과 권력의 정점에 선
세무사 차현호의 행보에 주목하라!

Book Publishing CHUNGEORAM

유행이 아닌 자유추구 -
WWW.chungeoram.com

연기의 신

FUSION FANTASTIC STORY

서산화 장편소설

GOD OF ACTING

PRODUCTION
DIRECTOR
CAMERA
DATE   SCENE   TAKE

무대, 영화, 방송…
모든 '연기'의 중심에 서다!

『연기의 신』

목소리를 잃고 마임 배우로 활동하던 이도원은
계획된 살인 사건에 휘말려 비참한 죽음을 맞이한다.
그런 그에게 주어진 특별한 기회, 타임 슬립.

"저는 당신의 가면 속 심연을 끌어내는 배우입니다."

이제 그의 연기가 관객을 지배한다!
20년 전으로 되돌아가 완전한 배우로서의
삶을 꿈꾸는 이도원의 일대기!

Book Publishing CHUNGEORAM

유행이 아닌 자유추구 -
WWW. chungeoram.com